SUSAN SONTAG

WIE WIR JETZT LEBEN

Erzählungen

Aus dem Englischen von Kathrin Razum
Mit einem Nachwort von
Verena Lueken

Carl Hanser Verlag

Die englischen Originalerzählungen erschienen erstmals: »Description (of a Description)« (1984) in *Antaeus*; »The Letter Scene« (1986), »The Way We Live Now« (1986) und »Pilgrimage« (1987) im *New Yorker*; »The View from the Arc« (1992) in Richard Misrachs *Violent Legacies: Three Cantos*.

Die Übersetzerin dankt dem Freundeskreis zur Förderung literarischer und wissenschaftlicher Übersetzungen e.V. für ein Arbeitsstipendium, das vom Ministerium für Wissenschaft, Forschung und Kunst Baden-Württemberg ermöglicht wurde.

1. Auflage 2020

ISBN 978-3-446-26764-0

Umschlag: Peter-Andreas Hassiepen, München
Foto: © Bob Peterson/The LIFE Images Collection via Getty Images
Satz: Satz für Satz, Wangen im Allgäu
Druck und Bindung: CPI books GmbH, Leck
Printed in Germany

FSC
www.fsc.org
MIX
Papier aus verantwortungsvollen Quellen
FSC® C083411

WIE WIR JETZT LEBEN

WIE WIR JETZT LEBEN

Erst hat er nur abgenommen, sich nur etwas angeschlagen gefühlt, sagte Max zu Ellen, und Greg zufolge war er nicht zum Arzt gegangen, weil er es schaffte, mehr oder weniger im gleichen Rhythmus weiterzuarbeiten, allerdings hörte er, wie Tanya anmerkte, mit dem Rauchen auf, was nahelegt, dass er Angst hatte, aber auch, dass er, mehr als ihm bewusst war, gesund sein wollte, oder jedenfalls gesünder, vielleicht wollte er auch nur wieder ein paar Kilo zunehmen, sagte Orson, denn, fuhr Tanya fort, er hatte ihr erzählt, dass er damit gerechnet habe, die Wände hochzugehen (erzählten das nicht alle?), dann aber zu seiner Überraschung festgestellt, dass ihm die Zigaretten überhaupt nicht fehlten, und das Gefühl genossen, dass seine Lunge zum ersten Mal seit Jahren schmerzfrei war. Ob er denn einen guten Arzt habe, wollte Stephen wissen, denn es wäre doch verrückt, sich nicht untersuchen zu lassen, wo er jetzt nicht mehr so unter Druck stand und die Konferenz in Helsinki hinter sich hatte, auch wenn er sich danach schon wieder besser fühlte. Tatsächlich sagte er, und zwar zu Frank, dass er zum Arzt gehen wolle, obwohl er in der Tat Angst habe, wie er Jan gegenüber zugab, aber wer hätte heutzutage keine Angst, wobei er sich, so seltsam das erscheinen mag, erst seit kurzem Sorgen machte, wie er Quentin eingestand, erst seit einem halben Jahr habe er den metallischen Geschmack von Panik im Mund, denn ernsthaft krank zu werden sei etwas, das anderen Leuten passiere, ein normaler Irrglaube, wie er Paolo gegenüber bemerkte, wenn man achtunddreißig sei und nie eine ernsthafte Krankheit gehabt habe, er war, bestätigte Jan, kein Hypochonder. Natürlich war es schwierig, sich keine Sorgen zu machen, alle machten sich Sorgen, aber es brachte nichts, in Panik zu geraten, denn, so Max zu Quentin, man konnte nichts tun als abwarten und hoffen, abwarten und von nun an halt aufpassen, aufpassen und hoffen. Und selbst wenn sich herausstellte, dass man krank war, sollte man nicht aufgeben, es gab neue Behandlungsmethoden, die das unaufhaltsame Fortschreiten der Krankheit zum Stillstand zu bringen versprachen, die Forschung kam voran. Anscheinend meldeten sich alle mehrmals die Woche bei allen anderen, um sich auf dem Laufenden zu halten, ich habe noch nie so viele Stunden am Stück telefoniert, sagte Stephen zu Kate, und wenn ich erschöpft bin, nachdem zwei oder drei Leute bei mir angerufen und mir das Neueste berichtet haben, schalte ich das Telefon nicht stumm, um mich etwas zu erholen, sondern ich tippe die Nummer eines anderen Freundes oder einer Bekannten ein, um die Neuigkeiten weiterzugeben. Ich weiß nicht, ob ich es mir erlauben kann, so viel darüber nachzudenken, sagt Ellen, und ich misstraue meinen Motiven, da ist so etwas Morbides, an das ich mich gewöhne, das ich aufregend finde, so ungefähr müssen sich die Leute in London während der deutschen Bombenangriffe gefühlt haben. Soweit ich weiß, bin ich nicht gefährdet, sagte Aileen, aber man weiß ja nie. Wir haben so was einfach noch nie erlebt, sagte Frank. Aber findet ihr denn nicht, dass er zum Arzt gehen sollte, beharrte Stephen. Hör zu, sagte Orson, man kann die Leute nicht dazu zwingen, auf sich aufzupassen, und warum denkst du überhaupt das Schlimmste, vielleicht ist er einfach ausgelaugt, man kann nach wie vor ganz normale Krankheiten kriegen, schreckliche Krankheiten, warum meinst du, es müsste *das* sein. Ich will mir einfach sicher sein, sagte Stephen, dass er weiß, welche Möglichkeiten er hat, denn die meisten Leute wissen das nicht, sie denken, man könnte nichts tun. Kann man denn überhaupt etwas tun, soll er (Greg zufolge) Tanya gefragt haben, ich meine, was habe ich davon, wenn ich zum Arzt gehe; wenn ich wirklich krank bin, sagte er angeblich, werde ich es schon früh genug merken.

Und als er dann im Krankenhaus war, schien sich, zumindest Donny zufolge, seine Stimmung aufzuhellen. Er wirke fröhlicher als in den vergangenen Monaten, stimmte Ursula zu, habe die schlechte Nachricht geradezu mit Erleichterung aufgenommen, so Ira, sie im Gegenteil als absoluten Schock empfunden, so Quentin, aber man konnte kaum erwarten, dass er all seinen Freunden das Gleiche erzählte, schließlich hatte er zu Ira eine völlig andere Beziehung als zu Quentin (meinte Quentin, der stolz auf ihre Freundschaft war), vielleicht glaubte er, Quentin werde es verkraften, ihn weinen zu sehen, aber Ira beharrte, das könne nicht der Grund dafür sein, dass er sich ihnen gegenüber so unterschiedlich verhalte, vielleicht habe er ja bei seinem, Iras, Anblick den Schrecken überwunden, seine Kräfte mobilisiert und angefangen, um sein Leben zu kämpfen, wohingegen ihn Hoffnungslosigkeit übermannt habe, als Quentin mit Blumen gekommen sei, die Blumen hätten ihn jedenfalls in schlechte Stimmung versetzt, berichtete Quentin Kate, denn das Krankenhauszimmer quoll über von Blumen, nicht eine einzige weitere Blume hätte mehr hineingepasst, da übertreibst du sicher, sagte Kate lächelnd, Blumen mag doch jeder. Wer würde in diesen Zeiten nicht übertreiben, erwiderte Quentin scharf. Findest du nicht, dass *das* die eigentliche Übertreibung ist. Natürlich, sagte Kate sanft, es war nur Spaß, ich meine, natürlich kein Spaß. Ich weiß, sagte Quentin mit Tränen in den

Augen, und Kate umarmte ihn und sagte, na ja, dann werde ich ihm jedenfalls keine Blumen mitbringen, wenn ich ihn heute Abend besuche, was hätte er denn gern?, worauf Quentin antwortete, Max zufolge am liebsten Schokolade. Und sonst, wollte Kate wissen, ich meine, so wie Schokolade, aber eben keine Schokolade. Lakritz, sagte Quentin und putzte sich die Nase. Und außerdem? Übertreibst *du* jetzt nicht ein bisschen, sagte Quentin lächelnd. Stimmt, erwiderte Kate, also, wenn ich ihm tonnenweise Zeug mitbringen will, was dann noch außer Schokolade und Lakritz. Fruchtgummis, sagte Quentin.

Paolo zufolge wollte er nicht allein sein, und in der ersten Woche kamen jede Menge Leute zu Besuch, die jamaikanische Schwester sagte, es gebe andere Patienten auf der Station, die man mit den überzähligen Blumen erfreuen könne, die Leute scheuten sich nicht mehr vor Besuchen, es ist nicht mehr wie früher, betonte Kate gegenüber Aileen, sie werden, merkte Hilda an, im Krankenhaus nicht mehr von den anderen abgesondert, es hängt kein Schild mehr an der Tür, das auf die Ansteckungsgefahr hinweist, wie noch vor ein paar Jahren; er liegt sogar in einem Doppelzimmer, und er hat Orson erzählt, dass der alte Mann, der auf der anderen Seite des Vorhangs liegt (und es eindeutig nicht mehr lange macht, sagte Stephen), nicht mal die Krankheit hat, du solltest ihn also, fuhr Kate fort, wirklich besuchen, er würde sich freuen, dich zu sehen, er bekommt gern Besuch, du gehst ja wohl nicht deshalb nicht hin, weil du Angst hast, oder? Natürlich nicht, sagte Aileen, aber ich weiß nicht, was ich zu ihm sagen soll, ich glaube, ich würde mich unbehaglich fühlen, und das würde er garantiert merken, und dann würde er sich noch schlechter fühlen, mein Besuch würde ihm also nicht gut tun. Er wird überhaupt nichts bemerken, sagte Kate und tätschelte Aileens Hand, es ist nicht so, wie du dir das vorstellst, er urteilt nicht über die Leute oder hinterfragt ihre Motive, er freut sich einfach, seine Freunde zu sehen. Aber ich war nie eine wirkliche Freundin für ihn, du bist eine Freundin, dich mag er schon immer, du hast mir erzählt, dass er mit dir über Nora redet, ich weiß, dass er mich mag, er fühlt sich sogar zu mir hingezogen, aber dich respektiert er. Wesley zufolge war Aileen allerdings deshalb so geizig mit ihren Besuchen, weil sie ihn nie für sich haben konnte, es waren immer schon andere da, und wenn sie gingen, waren in der Zwischenzeit wieder andere gekommen, sie war seit Jahren in ihn verliebt, und ich kann Aileens Verbitterung schon verstehen, sagte Donny, denn wenn es eine Freundin hätte geben können, mit der er nicht nur mal beiläufig ins Bett ging, eine Frau, die er wirklich liebte, mein Gott, sagte Victor, der ihn damals schon gekannt hatte, nach Nora war er verrückt, was für ein herzzerreißendes Paar die beiden waren, zwei ruppige Engel, hätte es eine solche Frau geben können, dann wäre es nicht sie gewesen.

Und als einige seiner Freunde, diejenigen, die jeden Tag zu Besuch kamen, die Ärztin im Flur abpassten, war es Stephen, der die kundigsten Fragen stellte, er las nicht nur all die Berichte, die mehrmals die Woche in der *Times* erschienen (und die George, wie er zugab, nicht mehr las, weil er es nicht mehr ertrug), sondern auch die einschlägigen Artikel in den medizinischen Zeitschriften, die hier, in England und in Frankreich erschienen, und war lose bekannt mit einem der wichtigsten Ärzte, der in Paris unter großer medialer Aufmerksamkeit zu der Krankheit forschte, aber seine Ärztin sagte wenig mehr, als dass die Lungenentzündung nicht lebensbedrohlich sei und das Fieber allmählich nachlasse, natürlich sei er noch schwach, aber er spreche gut auf die Antibiotika an, er müsse auf jeden Fall die vorgesehene Zeit im Krankenhaus verbringen, was bedeute, ein Minimum von einundzwanzig Tagen am Tropf, ehe sie ihn auf das neue Medikament setzen könne, denn sie sehe gute Chancen für seine Aufnahme in die Studie, und als Victor sagte, er habe ja solche Probleme mit dem Essen (wenn sie ihn dazu bringen wollten, von dem Krankenhausessen zu essen, erzählte er allen, nichts schmecke ihm mehr richtig, er habe immer so einen metallischen Geschmack im Mund), da sei es doch sicher nicht gut, dass seine Freunde ihm so viel Schokolade mitbrächten, lächelte die Ärztin nur und sagte, in diesen Fällen spiele die Moral der Patienten eine wichtige Rolle, und wenn es ihm mit Schokolade besser gehe, spreche ihrer Ansicht nach nichts dagegen, was Stephen ärgerte, wie er Donny gegenüber später anmerkte, denn sie wollten schließlich an die Verheißungen und Tabus der modernen Hightech-Medizin glauben, und dann kam diese beruhigend kurz angebundene, silbrig ergraute Ärztin an, eine Spezialistin auf dem Gebiet der Krankheit, die häufig in der Presse zitiert wurde, und redete wie eine altmodische Hausärztin, die der Familie erklärt, Tee mit Honig oder Hühnerbrühe könne dem Patienten genauso gut helfen wie Penicillin, was möglicherweise hieß, befand Max, dass sie ihn nur pro forma behandelten, tatsächlich aber nicht so recht wüssten, was sie tun sollten, oder vielmehr, wie Xavier einwarf, was sie taten, ja dass in Wahrheit, setzte Hilda noch mal eins drauf, in Wirklichkeit die Ärzte eigentlich keine Hoffnung mehr hatten.

O nein, sagte Lewis, das ertrage ich nicht, das kann doch nicht sein, nein, das glaube ich nicht, bist du dir sicher, ich meine, sind die sich sicher, haben sie wirklich alle Untersuchungen gemacht, ich traue mich schon kaum mehr, ans Telefon zu gehen, weil ich befürchte, dass es wieder jemand ist, der mir erzählt, dass jemand anderes jetzt auch krank ist; aber hat Lewis wirklich bis gestern nicht Bescheid gewusst, fragte Robert unwirsch, ich kann mir das kaum vorstellen, alle reden doch darüber, es ist kaum denkbar, dass niemand Lewis angerufen hat, und vielleicht wusste er ja wirklich Bescheid und gab bloß aus irgendeinem Grunde vor, es nicht zu wissen, denn hat Lewis nicht, erinnert sich Jan, schon vor Monaten gegenüber Greg, und nicht nur ihm gegenüber, bemerkt, dass er schlecht aussehe, abgenommen habe, dass er sich Sorgen um ihn mache und finde, er solle mal zum Arzt gehen, die ganz große Überraschung kann es also nicht gewesen sein. Na ja, alle machen sich heute um alle Sorgen, das ist jetzt normal, so wie wir jetzt leben. Und sie waren sich ja mal sehr nah, hat Lewis nicht immer noch den Schlüssel zu seiner Wohnung, ihr wisst schon, wie man jemanden halt auch nach der Trennung noch den Schüssel behalten lässt, ein kleines bisschen, weil man hofft, der andere könnte irgendwann spätabends, betrunken oder high, hereinspaziert kommen, hauptsächlich aber einfach deshalb, weil es vernünftig ist, bei mehreren Leuten in der Stadt Schlüssel deponiert zu haben, wenn man allein lebt, noch dazu ganz oben in einem ehemaligen Geschäftshaus, das zwar schwer was hermacht, es aber nie zu einem Portier bringen wird oder auch nur zu einem im Gebäude wohnenden Hausmeister, bei irgendjemandem, an den man sich wenden kann, wenn man nachts feststellt, dass man seinen Schlüssel verloren oder sich ausgeschlossen hat. Wer hat denn sonst noch Schlüssel von ihm, wollte Tanya wissen, ich habe nämlich gedacht, vielleicht könnte morgen jemand bei ihm zu Hause vorbeigehen und ein paar seiner Schätze ins Krankenhaus mitbringen, neulich hat er sich beklagt, ergänzte Ira, wie trostlos das Krankenhauszimmer sei, es komme ihm vor, als wäre er in einem Motelzimmer eingesperrt, und daraufhin haben alle angefangen, lustige Geschichten über Motelzimmer zu erzählen, in denen sie mal waren, und als Ursula ihre Geschichte vom Luxury Budget Inn in Schenectady zum Besten gab, brach die Runde um sein Bett in schallendes Gelächter aus, während er sie alle mit fieberglänzenden Augen schweigend beobachtete und dabei die ganze Zeit, erinnerte sich Victor, diese verdammte Schokolade in sich hineinstopfte. Laut Jan, die sich mithilfe von Lewis' Schlüssel in Gregs mondäner Junggesellenbude hatte umsehen können, auf der Suche nach irgendeinem tröstlichen Kunstobjekt, das dem Krankenhauszimmer etwas Glanz verleihen würde, hing die byzantinische Ikone nicht mehr über seinem Bett, was sie alle vor ein Rätsel stellte, bis Orson wieder einfiel, dass er ohne sonderliche Betrübnis (was Greg allerdings bestritt) berichtet hatte, der Junge, den er vor kurzem losgeworden sei, habe sie gestohlen, zusammen mit vier der Maki-e-Lackschatullen, als ließen sich diese Gegenstände genauso leicht auf der Straße verkaufen wie ein Fernseher oder eine Stereoanlage. Er war immer sehr großzügig, sagte Kate leise, und er liebt zwar schöne Dinge, hängt aber nicht wirklich an ihnen, wie Orson gesagt hat, was, kommentierte Frank, für einen Sammler ungewöhnlich ist, und als Kate erschauerte und ihr die Tränen kamen, worauf Orson besorgt fragte, ob er, Orson, etwas Falsches gesagt habe, wies sie darauf hin, dass sie schon angefangen hätten, wie im Rückblick von ihm zu sprechen, zu rekapitulieren, wie er war, warum sie ihn mochten, als wäre er am Ende, fertig, als gehörte er bereits der Vergangenheit an.

Vielleicht wird er ja die vielen Besucher allmählich leid, sagte Robert, der, wie Ellen sich nicht verkneifen konnte anzumerken, selbst nur zweimal zu Besuch gekommen war und wahrscheinlich nach einem Grund suchte, nicht regelmäßig erscheinen zu müssen, aber es konnte kein Zweifel bestehen, so Ursula, dass seine Stimmung sich verschlechtert hatte, nicht dass es irgendwelche entmutigenden Neuigkeiten seitens der Ärzte gegeben hätte, aber er schien jetzt gern mehrere Stunden am Tag allein zu sein; Donny hatte er erzählt, er habe angefangen, ein Tagebuch zu führen, zum ersten Mal in seinem Leben, um festzuhalten, wie er seelisch auf diese unerwartete Wendung in seinem Leben reagierte, und um parallel zu dem, was die Ärzte taten, die jeden Morgen kamen und an seinem Bett über seinen Körper berieten, selbst etwas zu tun, vielleicht sei es gar nicht so wichtig, was er da schreibe, letztlich handele es sich, wie er Quentin gegenüber sarkastisch bemerkte, um wenig mehr als die üblichen Banalitäten über Angst und die Verwunderung, dass ihm, auch ihm, das alles geschehe, plus die üblichen reumütigen Rückblicke auf sein bisheriges Leben, auf seine verzeihlichen Oberflächlichkeiten, jedes Mal gekrönt von dem Entschluss, besser zu leben, inniger, in engerer Verbindung mit seiner Arbeit und seinen Freunden, es nicht so rasend wichtig zu nehmen, was andere Leute von ihm dachten, und zwischendurch immer wieder die Mahnung an sich selbst, dass in seiner momentanen Situation sein Lebenswille wichtiger war als alles andere und dass er, wenn er wirklich überleben wollte und dem Leben traute und sich selbst hinlänglich mochte (nieder mit dir, alter Deibel Thanatos!), auch überleben *würde*, er würde die Ausnahme sein, aber vielleicht, grübelte Quentin, als er mit Kate telefonierte, ging es gar nicht um das alles, vielleicht ging es vielmehr darum, dass er durchs Tagebuchschreiben Text ansammelte, den er irgendwann später würde lesen können, und dadurch listig Anspruch auf eine Zukunft erhob, in der das Tagebuch ein Objekt sein würde, ein Andenken, sodass er womöglich doch nicht mehr darin lesen würde, weil er dieses Martyrium würde hinter sich lassen wollen, aber das Tagebuch würde in der Schublade seines umwerfenden Majorelle-Sekretärs liegen, ja er sah sich schon, das sagte er tatsächlich an einem sonnigen Spätnachmittag zu Quentin, in seinem Krankenhausbett ans Kissen gelehnt, das herzzerreißende Lächeln auf der einen Seite von verschmierter Schokolade umrahmt, sah sich schon in seinem Penthouse sitzen, wo die Oktobersonne durch die klaren Fensterscheiben fiel anstatt durch dieses schlecht geputzte Fenster hier, während das Tagebuch, das traurige Tagebuch, sicher verwahrt in der Schublade lag.

Es ist doch egal, dass die Behandlung Nebenwirkungen haben kann, sagte Stephen (im Gespräch mit Max), ich weiß nicht, warum du dir so einen Kopf darum machst, alle starken Medikamente haben gefährliche Nebenwirkungen, das ist unvermeidlich, willst du damit sagen, dass die Behandlung sonst nicht wirken würde, warf Hilda ein, außerdem, fuhr Stephen beharrlich fort, nur weil es Nebenwirkungen gibt, heißt das noch lange nicht, dass sie bei ihm auftreten müssen, oder jedenfalls nicht alle, also, jede einzelne, oder auch nur ein paar. Das ist einfach eine Liste von allem, was theoretisch schiefgehen kann, die Ärzte müssen sich absichern, also entwerfen sie ein Worst-Case-Szenario, aber ist nicht das, was ihm und so vielen anderen da gerade widerfährt, unterbrach ihn Tanya, schon in sich ein Worst-Case-Szenario, eine Katastrophe, die sich in dieser Grausamkeit niemand hätte ausdenken können, und ist nicht alles eine Nebenwirkung, spöttelte Ira, selbst wir sind Nebenwirkungen, aber keine negativen, sagte Frank, er hat gern seine Freunde um sich, und es ist gut, dass wir uns auch gegenseitig unterstützen; weil wir alle in derselben Tinte sitzen, sinnierte Xavier, und egal, was es vorher an Eifersüchteleien und Groll zwischen uns gegeben und was uns misstrauisch und reizbar gemacht hat, wenn so etwas wie jetzt passiert (der Himmel stürzt ein, der Himmel stürzt ein!), dann begreift man, was wirklich wichtig ist. Stimmt, alte Unke, soll er gesagt haben. Glaubt ihr nicht, sagte Quentin an Max gewandt, die Tatsache, dass wir ihm so nah sind, uns jeden Tag die Zeit nehmen, ihn im Krankenhaus zu besuchen, könnte einfach unser Versuch sein, uns eindeutig und unwiderruflich als diejenigen zu definieren, die – na ja, die nicht krank sind und die auch nicht krank werden, so als könnte das, was ihm passiert ist, nicht auch uns passieren, dabei ist es ja ziemlich wahrscheinlich, dass in absehbarer Zeit auch einer von uns da landen wird, wo er jetzt ist, was vermutlich auch sein Gedanke war, als er zu der Gruppe gehörte, die im Frühjahr Zack besuchte (ihr kanntet Zack nicht, oder?), laut Clarice, Zacks Witwe, kam er nicht sehr häufig, er hat damals erklärt, dass er Krankenhäuser hasst und das Gefühl hat, seine Besuche würden Zack nicht gut tun, Zack würde ihm ansehen, wie unwohl er sich fühlte. Ah, einer von der Sorte, sagte Aileen. Ein Feigling. So wie ich.

Und als er dann aus dem Krankenhaus entlassen wurde und Quentin, der sich anerboten hatte, bei ihm einzuziehen, für ihn kochte und ans Telefon ging und die Mutter in Mississippi auf dem Laufenden hielt, oder vielmehr, sie davon abhielt, nach New York zu kommen, ihren Sohn mit ihrem Kummer zu überschütten und mit ihrer erdrückenden Fürsorge die Abläufe im Haushalt durcheinanderzubringen, konnte er an den Tagen, wo er nicht darauf bestand, ins Kino zu gehen oder auswärts zu essen, was ihn ermüdete, durchaus ein, zwei Stunden am Schreibtisch sitzen und arbeiten. Er wirke optimistisch, fand Kate, er habe Appetit, und Orson zufolge hatte er erklärt, er stimme Stephen zu, der gesagt habe, das Wichtigste sei, in Form zu bleiben, schließlich sei er ein Kämpfer, oder etwa nicht, sonst wäre er nicht der geworden, der er sei, ob er bereit sei für den großen Kampf, habe Stephen ihn dann etwas theatralisch (so erzählte Max es Donny) gefragt, und er habe gesagt, da kannst du dir aber sicher sein, woraufhin Stephen nachgeschoben habe, es hätte noch viel schlimmer kommen können, du hättest die Krankheit schon vor zwei Jahren kriegen können, aber jetzt forschen so viele Wissenschaftler darüber, das amerikanische Team und das französische Team, alle halten sich ran, weil sie in ein paar Jahren den Nobelpreis einsacken wollen, du musst einfach nur noch ein, zwei Jahre gesund bleiben, dann gibt es eine gute Therapie, eine wirksame Therapie. Ja, hat er gesagt, sagte Stephen, mein Timing ist gut. Und Betsy, die seit zehn Jahren immer neue Anläufe unternahm, sich makrobiotisch zu ernähren, nannte ihm einen japanischen Spezialisten, zu dem er mal gehen solle, aber darauf habe er sich, berichtete Donny, Gottseidank nicht eingelassen, allerdings erklärte er sich bereit, zu Victors Visualisierungstherapeuten zu gehen, wobei die Frage war, was man visualisieren sollte, so Hilda, wenn der Sinn des Visualisierens einer Krankheit darin bestand, sie als etwas Konturiertes, klar Umschriebenes zu sehen, das hier war statt dort, etwas Begrenztes, das man in sich beherbergte, in dem Sinne, dass man die Krankheit auch wieder ausladen konnte, wohingegen das jetzt allumfassend war; oder sein würde, sagte Max. Das Wichtigste, sagte Greg, sei jedenfalls, darauf zu achten, dass er nicht die makrobiotische Route einschlage, die für die mollige Betsy harmlos sein mochte, bei ihm aber nur verheerende Auswirkungen haben könne, wo er doch eh schon so mager sei, bei all den Zigaretten und appetitzügelnden chemischen Substanzen, die er seit Jahren seinem Körper zuführte, und jetzt, bemerkte Stephen, ist wohl kaum der richtige Zeitpunkt, um ihm zu raten, gesünder zu leben und die ganzen chemischen Zusatz- und sonstigen Schadstoffe zu meiden, die wir doch alle unbekümmert oder auch nicht ganz so unbekümmert in uns hineinschaufeln, unbekümmert deshalb, weil wir gesund sind, so gesund, wie wir halt sein können; bisher, sagte Ira. Fleisch und Kartoffeln würde ich ihn jetzt gern essen sehen, sagte Ursula wehmütig. Und Spaghetti mit Muschelsoße, fügte Greg hinzu. Und dicke cholesterinstrotzende Omelettes mit geräuchertem Mozzarella, schlug Yvonne vor, die übers Wochenende aus London eingeflogen war, um ihn zu besuchen. Schokoladenkuchen, sagte Frank. Na ja, Schokoladenkuchen vielleicht nicht unbedingt, sagte Ursula, er isst doch eh schon so viel Schokolade.

Und als er, nicht gleich, aber doch nur drei Wochen später, in die Studie zur Wirksamkeit des neuen Medikaments aufgenommen wurde, was beträchtliches Strippenziehen bei den Ärzten erfordert hatte, begann er Donny zufolge, weniger über sein Kranksein zu sprechen, was, fand Kate, ein gutes Zeichen war, ein Zeichen, dass er sich nicht mehr als Opfer fühlte, nicht mehr das Gefühl hatte, an einer Krankheit zu *leiden,* sondern *mit* einer Krankheit zu *leben* (das war das richtige Klischee, oder?), ein freundlicheres Arrangement, meinte Jan, wie mit einer Art Dauergast, was implizierte, dass es nur vorübergehend war, beendet werden konnte, nur *wie* beendet, fragte Hilda, und wenn du Dauergast sagst, Jan, höre ich Trauergast. Es sei ermutigend, beharrte Stephen, dass er von Anfang an, oder jedenfalls von dem Moment an, wo er sich schließlich dazu hatte überreden lassen, seinen Arzt anzurufen, bereit gewesen sei, den Namen der Krankheit zu nennen, ihn oft und leichthin aussprach, als handelte es sich um ein beliebiges Wort, wie Junge oder Galerie oder Zigarette oder Geld oder Wert, wie in *nicht der Rede wert*, warf Paolo ein, denn, fuhr Stephen fort, den Namen auszusprechen zeugt von einer gesunden Einstellung, es zeugt davon, dass man akzeptiert hat zu sein, was man ist, nämlich sterblich, verletzbar, so wie alle anderen auch, eben doch nicht die große Ausnahme, es ist ein Zeichen dafür, dass man willens ist, wirklich willens ist, für sein Leben zu kämpfen. Und wir müssen den Namen auch aussprechen, fügte Tanya hinzu, und zwar oft, wir dürfen ihm an Ehrlichkeit nicht nachstehen oder ihm das Gefühl vermitteln, dass das Thema, nachdem er sich zu dieser Ehrlichkeit durchgerungen hat, erledigt ist und er sich anderen Dingen zuwenden kann. Dann ist man auch besser gerüstet, um ihm zu helfen, erwiderte Wesley. In gewisser Weise hat er Glück, sagte Yvonne, die sich eines Problems in der New Yorker Filiale angenommen hatte und am Abend nach London zurückfliegen würde, Glück, na klar, sagte Wesley, niemand meidet ihn, fuhr Yvonne fort, niemand hat Angst davor, ihn zu umarmen oder flüchtig auf den Mund zu küssen, in London sind wir, wie immer, ein paar Jahre hinterher, Leute aus meiner Bekanntschaft, Leute, die man nicht im entferntesten zu den Gefährdeten rechnen würde, haben schreckliche Angst, ich bin wirklich beeindruckt, wie gelassen und rational ihr alle damit umgeht; du findest uns gelassen, fragte Quentin. Wobei er selbst ja angeblich gesagt hat, ich habe schreckliche Angst, es gelingt mir kaum noch, zu lesen (und ihr wisst, wie gern er liest, sagte Greg, ja, Lesen ist sein Fernsehen, sagte Paolo) oder zu denken, aber hysterisch bin ich nicht. Also, ich bin ziemlich hysterisch, sagte Lewis zu Yvonne. Aber ihr könnt etwas für ihn tun, das ist doch wunderbar, ich wünschte, ich könnte noch etwas länger bleiben, erwiderte Yvonne, es ist etwas sehr Schönes, denke ich immer wieder, diese Utopie von Freundschaft, die ihr um ihn herum errichtet habt (diese klägliche Utopie, sagte Kate), sodass die Krankheit, schloss Yvonne, nichts Abseitiges mehr ist. Ja, meint ihr nicht auch, dass wir hier entspannter mit ihm und der Krankheit umgehen, sagte Tanya, weil die Krankheit in der Vorstellung viel schlimmer ist als jetzt in der Realität, in der er, den wir alle lieben, jeder auf seine Art, die Krankheit hat. Für mich ist sie dadurch, dass er sie bekommen hat, jedenfalls ziemlich entmystifiziert worden, sagte Jan, mir kriecht die Angst nicht mehr den Rücken hoch, so wie früher, bevor er krank geworden ist, als es immer nur um entfernte Bekannte ging, die ich dann, nachdem sie krank geworden waren, nie wieder gesehen habe. Aber du weißt auch, dass du die Krankheit nicht kriegen wirst, sagte Quentin, worauf Ellen für sie antwortete, darum geht es nicht, und es stimmt auch nicht unbedingt, mein Gynäkologe hat gesagt, jeder ist gefährdet, jeder, der ein Sexualleben hat, denn die Sexualität ist eine Kette, die jeden von uns mit vielen anderen verbindet, unbekannten anderen, und jetzt ist die große Kette des Seins auch eine Kette des Todes geworden. Trotzdem ist es für euch nicht das Gleiche, beharrte Quentin, für euch ist es nicht so wie für mich oder Lewis oder Frank oder Paolo oder Max, ich bekomme immer mehr Angst und habe auch allen Grund dazu.

Ich denke nicht darüber nach, ob ich gefährdet bin oder nicht, sagte Hilda, ich weiß, dass ich vorher Angst hatte, jemanden mit der Krankheit zu kennen, Angst davor, was ich sehen und was ich empfinden würde, und nach meinem ersten Besuch im Krankenhaus war ich richtig erleichtert. Dieses Gefühl, diese Angst, werde ich nie mehr haben, er kommt mir nicht anders vor als früher. Ist er auch nicht, sagte Quentin.

Lewis zufolge redete er mehr von den Leuten, die öfter zu Besuch kamen, was völlig normal ist, sagte Betsy, ich glaube, er führt sogar eine Strichliste. Und unter denen, die jeden Tag vorbeikamen oder anriefen, dem engsten Kreis sozusagen, den Spitzenreitern, fand ein weiterer Wettbewerb statt, was Betsy ziemlich auf die Nerven ging, wie sie Jan gestand, immer dieses vulgäre Gerangel um den besten Platz am Bett der Schwerkranken, wir fühlen uns zwar alle unglaublich tugendhaft wegen unserer Loyalität, du vielleicht, sagte Jan, was so weit geht, dass wir uns jeden Tag, oder fast jeden Tag, Zeit für ihn nehmen, einige von uns inzwischen nicht mehr, warf Xavier ein, aber es fragt sich, ob wir nicht genauso viel davon haben wie er. Ach ja?, sagte Jan. Wir konkurrieren um ein Anzeichen besonderer Freude über unseren Besuch, recken uns nach der Möhre seiner Gunst, wollen uns als der oder die Meisterwünschte, ihm Allernächste und Allerliebste fühlen, was unvermeidlich ist bei jemandem, der weder verheiratet ist noch Kinder hat noch sonst wie offiziell liiert ist, dann nämlich gäbe es eine Rangfolge, die niemand anzufechten wagen würde, fuhr Betsy fort, aber so sind wir die Familie, die er, ohne es darauf anzulegen, gegründet hat, ohne offizielle Titel und Ränge (wir, wir, knurrte Quentin), aber ist es denn so klar, fragte Victor, auch wenn einige von uns, Lewis, Quentin, Tanya und Paolo zum Beispiel, mal mit ihm zusammen waren und wir alle mehr oder weniger mit ihm befreundet sind, wer von uns ihm am liebsten ist (von uns, von uns, schimpfte Quentin), manchmal habe ich nämlich den Eindruck, dass er sich auf Aileens Besuch, obwohl die erst dreimal da war, zweimal im Krankenhaus und einmal, seit er zu Hause ist, mehr freut als auf euren oder meinen; Tanya zufolge allerdings war er nach seiner anfänglichen großen Enttäuschung über Aileens ausbleibende Besuche jetzt verärgert, wohingegen Xavier berichtete, gekränkt sei er zwar nicht, aber auf eine anrührende Weise passiv, so als nähme er Aileens Fernbleiben als etwas hin, das er irgendwie verdient hatte. Aber er hat gern Leute um sich, sagte Lewis, er hat gesagt, ohne Gesellschaft wird er schnell schläfrig, er schläft (so Quentin) und wird munter, sobald jemand kommt, wir müssen darauf achten, dass er sich nie allein fühlt. Aber, sagte Victor, es gibt eine Person, von der er noch gar nicht gehört hat und von der er wahrscheinlich lieber hören würde als von uns allen; aber sie ist ja nicht einfach verschwunden, nicht mal direkt nachdem sie sich von ihm getrennt hat, und er weiß genau, wo sie jetzt wohnt, sagte Kate, er hat mir erzählt, dass er letzten Heiligabend bei ihr angerufen hat und sie gesagt hat, schön von dir zu hören, frohe Weihnachten, er war am Boden zerstört, berichtete Orson, wütend und abfällig, berichtete Ellen (was erwartet ihr denn, sagte Wesley, sie war völlig ausgebrannt), aber Kate fragte sich, ob er Nora nicht vielleicht mitten in einer schaflosen Nacht angerufen hatte, was ist denn der Zeitunterschied, nein, das glaube ich nicht, sagte Quentin, ich glaube, es ist ihm lieber, wenn sie es nicht weiß.

Und als er sich weiter erholte und die paar Kilo, die er im Krankenhaus gleich zu Beginn abgenommen hatte, wieder auf die Rippen bekam, obwohl sein Kühlschrank jetzt vorwiegend Weizenkeime und Grapefruit und Magermilch enthielt (er macht sich Sorgen um seinen Cholesterinspiegel, klagte Stephen), und Quentin sagte, er komme jetzt allein zurecht, was auch der Fall war, fing er an, alle, die ihn besuchten, zu fragen, wie er aussehe, und alle sagten, er sehe richtig gut aus, viel besser als noch vor ein paar Wochen, was nicht mit dem übereinstimmte, was sie ihm damals gesagt hatten, aber es wurde einfach immer schwieriger zu beurteilen, wie er aussah, so eine Frage ehrlich zu beantworten, obwohl sie untereinander wirklich ehrlich sein wollten, sowohl um der Ehrlichkeit willen als auch (meinte Donny), um sich auf das Schlimmste vorzubereiten, denn er sah jetzt schon so lange so aus, zumindest schien es sehr lange, dass es war, als hätte er schon immer so ausgesehen, wie hat er denn vorher ausgesehen, dabei waren es doch erst ein paar Monate, aber hatten diese Wörter, blass und fahl und zerbrechlich, hatten die nicht immer auf ihn zugetroffen? Und eines Donnerstags fragte Ellen Lewis, den sie am Hauseingang getroffen hatte, während ihrer gemeinsamen Fahrt im Aufzug, wie geht es ihm eigentlich *wirklich*? Du siehst doch, wie es ihm geht, sagte Lewis scharf, es geht ihm gut, er ist gesund und munter, und Ellen begriff, dass Lewis natürlich nicht meinte, er sei wirklich gesund, sondern dass es ihm nicht schlechter ging, was stimmte, aber war es nicht, na ja, fast herzlos, so zu reden. Für mich klingt das harmlos, sagte Quentin, aber ich verstehe schon, was du meinst. Ich erinnere mich, dass ich mich mal mit Frank unterhalten habe, der immerhin fünf Stunden die Woche ehrenamtlich im Büro des Crisis Center arbeitet (ich weiß, sagte Ellen), er hat sich über einen Typen ausgelassen, der seine

Diagnose schon vor einem Jahr bekommen hat und viel weiter fortgeschritten ist und der sich am Telefon bei Frank über die Gleichgültigkeit von irgendeinem Arzt beklagt hat und dabei ziemlich ausfallend wurde, und Frank hat daraufhin gesagt, es gibt keinen Grund, sich so aufzuregen, was implizit hieß, dass er, Frank, sich nicht so irrational verhalten würde, worauf ich zu ihm gesagt habe, und ich konnte meinen Hohn wirklich kaum im Zaum halten, aber Frank, Frank, er hat allen Grund, sich aufzuregen, er stirbt, und Frank antwortete, so Quentin, ach, daran denke ich lieber nicht.

Und in dieser Zeit, als er noch zu Hause war, sich erholte, seine wöchentliche Behandlung erhielt, immer noch nicht viel arbeiten konnte, wie er klagte, aber Quentin zufolge die meiste Zeit auf den Beinen war und an mehreren Tagen in der Woche im Büro auftauchte, kamen dann die schlechten Nachrichten über zwei entfernte Bekannte, der eine in Houston, der andere in Paris, Nachrichten, die Quentin abfing, weil er meinte, sie würden ihn nur deprimieren, aber Stephen fand, dass es falsch sei, ihn anzulügen, es sei so wichtig für ihn, in der Wahrheit zu leben; das sei doch einer seiner ersten Siege gewesen, dass er offen darüber sprach, ja sogar bereit war, Witze über die Krankheit zu machen, aber Ellen sagte, es sei nicht gut, ihm so ein Weltuntergangsgefühl zu vermitteln, zu viele Leute würden krank, es entwickele sich zu einem derart häufigen Schicksal, dass es womöglich seinen Willen, um sein Leben zu kämpfen, beeinträchtigen würde, wenn die Krankheit als etwas so Normales wie, na ja, der Tod erschien. Oh, sagte Hilda, die weder den aus Houston noch den aus Paris persönlich kannte, aber von dem aus Paris wusste, einem Pianisten, der sich auf tschechische und polnische Musik aus dem zwanzigsten Jahrhundert spezialisiert hatte, ich habe all seine Platten, er ist so ein wertvoller Mensch, und als Kate sie böse ansah, fuhr sie in defensivem Ton fort, ich weiß, jedes Leben ist heilig, aber es ist doch trotzdem ein Gedanke, neben vielen anderen natürlich, ich meine, all diese wertvollen Menschen, die nicht ihre normale Lebensdauer erreichen, so wie es jetzt aussieht, für diese Menschen gibt es keinen Ersatz, das ist doch ein großer Verlust für die Kultur. Aber es wird ja nicht ewig so weitergehen, sagte Wesley, das kann einfach nicht sein, irgendwas werden die schon finden (die, die, murrte Stephen), aber habt ihr euch je überlegt, sagte Greg, dass wenn einige von ihnen nicht sterben, ich meine, wenn sie ein paar Leute am Leben halten können (sie, sie, murrte Kate), dass die dann Krankheitsüberträger bleiben, was bedeutet, wenn man ein Gewissen hat, kann man nie wieder einfach nach Lust und Laune – vor allem Lust, sagte Ira – Sex haben. Immer noch besser als sterben, sagte Frank. Und wenn er über die Zukunft redete, wenn er sich erlaubte, Hoffnung zu haben, dann sprach er nie, so Quentin, nein, nie, bestätigte Kate, über die Aussicht, dass es, selbst wenn er das Glück haben sollte, zur ersten Generation derer zu gehören, die die Krankheit überlebten, dass es also, was immer auch geschah, mit seiner bisherigen Lebensweise vorbei war, wobei er Ira zufolge sehr wohl darüber nachdachte, über das Ende des Draufgängertums, das Ende der Verrücktheit, das Ende seines Vertrauens ins Leben, seiner Haltung, das Leben für selbstverständlich zu nehmen, es als etwas zu behandeln, das er, wie er glaubte, samuraiartig – leichtfertig, dreist – wegzuwerfen bereit war; und Kate erinnerte sich seufzend an eine kurze Unterhaltung, die sie ihm schon vor zwei Jahren abgerungen hatte, auf einer der oberen Ebenen von The Prophet, wo sie auf einer mit stahlgrauem Industrieteppich bezogenen Bank zusammengehockt und vor ihrem nächsten Vorstoß auf die Tanzfläche einen durchgezogen hatten: Sie hatte ihn gefragt, zögernd, weil es ihr albern vorkam, den König der Ausschweifungen zu bitten, sich zurückzuhalten, und sie auch nicht scharf darauf war, die große Schwester zu spielen, wozu er, wie Hilda bestätigte, viele Frauen unwillkürlich verleitete, passt du eigentlich auf, Schatz, du weißt schon, was ich meine. Er hatte geantwortet, erzählte Kate, nein, tu ich nicht, das kann ich nicht, Sex ist mir einfach zu wichtig, verstehst du, schon immer (Victor zufolge hatte er erst angefangen, so zu reden, nachdem Nora ihn verlassen hatte), und wenn ich Sex kriegen kann, tja, dann sage ich nicht nein. Jetzt würde er wohl nicht mehr so reden, sagte Greg; er muss sich furchtbar dumm vorkommen, sagte Betsy, wie jemand, der immer weiterraucht und erklärt, ich kann nicht mit dem Rauchen aufhören, aber wenn dann das entsprechende Röntgenbild kommt, kann selbst der besessenste Nikotinabhängige auf einen Schlag aufhören. Sex ist aber was anderes als Zigaretten, sagte Frank, und was bringt es außerdem, sagte Lewis ärgerlich, sich daran zu erinnern, dass er leichtsinnig war, das Schlimme ist ja, dass man nur einmal Pech haben muss, würde er sich nicht noch viel schlechter fühlen, wenn er schon vor drei Jahren damit aufgehört hätte und trotzdem krank geworden wäre, denn einer der schrecklichsten Aspekte der Krankheit ist doch, dass man nicht weiß, wann man sie sich eingefangen hat, es kann auch schon vor zehn Jahren gewesen sein, denn es gibt die Krankheit garantiert schon seit vielen Jahren, lange bevor sie erkannt, also, benannt wurde. Wer weiß, *wie* lange (darüber denke ich oft nach, sagte Max), und wer weiß (ich weiß, was jetzt kommt, unterbrach ihn Stephen), wie viele sie noch kriegen.

Mir geht's gut, soll er gesagt haben, wenn ihn irgendwer fragte, wie es ihm ging, und das war fast immer die erste Frage, die man ihm stellte. Oder: Besser, und dir? Aber er sagte auch andere Dinge, ich spiele Bockspringen mit mir selbst, soll er Victor zufolge etwa gesagt haben. Und: Der Sache muss doch auch irgendetwas Positives abzugewinnen sein. Wie amerikanisch, sagte Paolo. Tja, sagte Betsy, du kennst doch die alte amerikanische Redewendung: Wenn du eine Zitrone hast, mach Zitronenlimonade. Was ich wirklich nicht ertragen würde, hatte er Jan zufolge zu ihr gesagt, wären Entstellungen, aber Stephen wies eilig darauf hin, dass die Krankheit nicht mehr oft diese Form annahm, ihr Profil wandelte sich, und im Gespräch mit Ellen hatte er Begriffe wie Blut-Hirn-Schranke aufgefahren, ich wäre nie auf die Idee gekommen, dass es *da* eine Schranke geben könnte, sagte Jan. Aber er darf nicht von Max erfahren, sagte Ellen, das würde ihn wirklich runterziehen, bitte erzählt es ihm nicht, er muss es wissen, sagte Quentin grimmig, und er wird wütend sein, dass wir es ihm nicht früher gesagt haben. Aber das können wir auch später noch machen, wenn sie Max vom Beatmungsgerät genommen haben, sagte Ellen; ist es nicht unglaublich, sagte Frank, Max ging es gut, er hat sich überhaupt nicht krank gefühlt, und dann wacht er auf und hat über vierzig Grad Fieber und Atembeschwerden, aber so fängt es oft an, ohne jede Vorwarnung, sagte Stephen, die Krankheit hat so viele Erscheinungsformen. Und als er dann nach einer weiteren Woche Quentin fragte, wo Max denn eigentlich sei, zweifelte er Quentins Antwort, der sei zum Feiern auf den Bahamas, nicht an, allerdings nahm die Zahl der regelmäßigen Besucher ohnehin ab, zum einen, weil die alten Fehden, die sie während seines ersten Krankenhausaufenthalts und der Genesungszeit zu Hause auf Eis gelegt hatten, wieder entbrannt waren und die schwelende Feindseligkeit zwischen Lewis und Frank regelrecht explodierte, obwohl Kate ihr Bestes tat, um zwischen den beiden zu vermitteln, zum anderen aber auch, weil er selbst dazu beigetragen hatte, die Liebesbande zwischen seinen Freunden zu lockern, indem er ihre Zuwendung für selbstverständlich nahm, als wäre es völlig normal, dass sich so viele Leute so viel Zeit für ihn nahmen, ihm so viel Aufmerksamkeit widmeten, ihn alle paar Tage besuchten, sich unablässig am Telefon über ihn austauschten, dabei war es Paolo zufolge keineswegs so, dass er weniger dankbar dafür gewesen wäre, er hatte sich nur einfach an ihre Besuche gewöhnt. Die ganze Situation war mit der Zeit irgendwie normaler geworden, es war eine Art fortlaufende Party, erst im Krankenhaus, jetzt bei ihm zu Hause, wo er mehr schlecht als recht wieder auf die Beine kam, wobei es klar ist, sagte Robert, dass ich auf der B-Liste bin, aber Kate meinte, das ist absurd, es gibt keine Liste, und Victor sagte, doch, aber nicht er führt sie, sondern Quentin. Er will uns sehen, wir helfen ihm, wir müssen es so machen, wie er es will, gestern ist er auf dem Weg zum Klo hingefallen, er darf nicht von Max erfahren (Donny zufolge wusste er es aber eh schon), es wird schlimmer.

Als ich wieder zu Hause war, soll er gesagt haben, hatte ich Angst einzuschlafen, wenn ich abends weggedämmert bin, hat sich das angefühlt, als fiele ich in ein schwarzes Loch, Schlafen war, als würde ich mich dem Tod ergeben, ich habe jede Nacht bei brennendem Licht geschlafen, aber hier im Krankenhaus habe ich weniger Angst. Und zu Quentin sagte er eines Morgens, die Angst rast durch meinen Körper, sie reißt mich auf, zu Ira, sie drückt mich zusammen, presst mich an mich. Die Angst gibt allem ihre Farbe, ihr ganz eigenes High. Ich fühle mich so, ich weiß gar nicht, wie ich es ausdrücken soll, überschwänglich, sagte er zu Quentin. Die Katastrophe ist zugleich ein erstaunliches High. Manchmal fühle ich mich so gut, so kraftvoll, als könnte ich aus meiner Haut springen. Werde ich jetzt verrückt oder wie? Liegt es daran, dass alle so zugewandt sind, mich verhätscheln, ein kindlicher Traum vom Geliebtwerden? Liegt es an den Medikamenten? Ich weiß, es klingt verrückt, aber manchmal denke ich, dass das alles eine *fantastische* Erfahrung ist, sagte er scheu; doch da war auch dieser schlechte Geschmack im Mund, der Druck in Kopf und Nacken, das rote, blutende Zahnfleisch, der Schmerz beim Atmen, wenn auch mit rosigen Lungenflügeln, und seine beinerne Fahlheit, die Farbe weißer Schokolade. Zu denen, die weinten, als sie erfuhren, dass er wieder im Krankenhaus war, gehörten Kate und Stephen (die Quentin angerufen hatte), Ellen, Victor, Aileen und Lewis (die Stephen dann anrief). Zu denen, die nicht weinten, gehörte Hilda, die sagte, sie habe gerade erfahren, dass ihre fünfundsiebzigjährige Tante an der Krankheit sterbe, mit der sie sich durch eine Bluttransfusion während ihrer erfolgreich verlaufenen Bypass-Operation vor fünf Jahren infiziert habe, außerdem Frank, Donny und Betsy, aber Tanya zufolge bedeutete das nicht, dass sie nicht entsetzt wären, dass es sie kalt ließe, und Quentin meinte, sie würden vielleicht nicht gleich ins Krankenhaus kommen, aber sie würden Geschenke schicken; das Zimmer, diesmal lag er in einem Einzelzimmer, füllte sich mit Blumen, Pflanzen, Büchern und Musikkassetten. Die kaum verhohlene Aggressivität, die in seinen Wochen zu Hause hochgeschlagen war, ebbte wieder ab und wich der Routine der Krankenhausbesuche, wobei nicht wenige ein Problem damit hatten, dass Quentin die Besuchsliste führte (aber es war ja auch seine Idee gewesen, wie Lewis anmerkte); damit ein stetiger

Strom an Besuchern gewährleistet war, wobei möglichst nicht mehr als zwei auf einmal kommen sollten (diese eigentlich krankenhausübliche Regel wurde hier nicht angewendet, zumindest nicht auf dieser Station, ob aus Freundlichkeit oder Ineffizienz, vermochte keiner zu beurteilen), musste man jetzt erst Quentin anrufen, der einem eine bestimmte Zeit zuwies, spontane Besuche waren nicht mehr möglich. Auch ließ sich seine Mutter jetzt nicht mehr davon abhalten, in ein Flugzeug zu steigen und sich dann in einem Hotel in der Nähe des Krankenhauses einzumieten; ihre tägliche Anwesenheit, sagte Quentin, schien ihn allerdings weniger zu stören als erwartet, uns stört sie, sagte Ellen, glaubt ihr, sie bleibt lange. Es sei einfacher für sie alle, hob Donny hervor, bei den Besuchen hier im Krankenhaus wohlwollend miteinander umzugehen als bei ihm zu Hause, wo es alle störte, dass sie nie mit ihm allein sein konnten, wenn wir hierherkommen, immer schön zu zweit, besteht kein Zweifel daran, was unsere Aufgabe ist, wie wir sein sollten, vereint, witzig, unterhaltsam, anspruchslos, heiter, es ist wichtig, heiter zu sein, denn in aller Furcht liegt auch Fröhlichkeit, wie Yeats so schön schreibt, sagte Kate. (Seine Augen, diese glänzenden Augen, sagte Lewis.) Seine Augen sehen stumpf aus, erloschen, sagte Wesley zu Xavier, aber Betsy fand, sein Gesicht, nicht nur die Augen, wirke gefühlvoll, warm; was immer es ist, sagte Kate, ich habe noch nie so bewusst seine Augen wahrgenommen, und Stephen sagte, ich habe Angst davor, was meine Augen zeigen, wenn ich ihn ansehe, mit dieser zu großen Intensität, oder mit geheuchelter Beiläufigkeit, sagte Victor. Und anders als zu Hause war er hier jeden Morgen frisch rasiert, egal, zu welcher Uhrzeit sie kamen, sein lockiges Haar war immer gekämmt, aber er klagte, das Pflegepersonal habe gewechselt, seit er das letzte Mal hier gewesen sei, und das gefalle ihm nicht, er wolle die gleichen Leute wie vorher. Das Zimmer enthielt jetzt einiges aus seiner persönlichen Habe (seltsamer Ausdruck, sagte Ellen), und Tanya brachte Zeichnungen und einen Brief von ihrem neunjährigen Sohn mit, der Legastheniker war, jetzt aber schrieb, seit sie ihm einen Computer gekauft hatte, und Donny brachte Sekt und ein paar Heliumballons mit, die er am Fußende des Betts befestigte; erzählt mir, was gerade so los ist, habe er gesagt, als er von einem Nickerchen aufwachte und Donny und Kate sah, die an seinem Bett saßen und ihn anstrahlten; erzählt mir eine Geschichte, hat er wehmütig gesagt, sagte Donny, dem nichts eingefallen war, *du* bist die Geschichte, hatte Kate gesagt. Xavier brachte ihm eine guatemaltekische hölzerne Heiligenfigur aus dem achtzehnten Jahrhundert mit, der heilige Sebastian mit nach oben verdrehten Augen und geöffnetem Mund, und als Tanya fragte, was ist denn das, ein Tribut an vergangenen Eros, sagte Xavier, da, wo ich herkomme, wird der heilige Sebastian als Beschützer vor der Pestilenz verehrt. Die Pfeile symbolisieren die Pestilenz? Genau. Die Leute erinnern sich immer nur an einen schönen jungen Mann, der an einen Baum gebunden und von Pfeilen durchbohrt ist (die er gar nicht zu bemerken scheint, warf Tanya ein), und sie vergessen völlig, dass die Geschichte noch weitergeht, fuhr Xavier fort, die christlichen Frauen, die kamen, um den Märtyrer zu begraben, stellten nämlich fest, dass er noch am Leben war, und pflegten ihn wieder gesund. Stephen zufolge sagte er, er habe gar nicht gewusst, dass der heilige Sebastian nicht gestorben sei. Es lässt sich nicht bestreiten, sagte Kate am Telefon zu Stephen, Sterbende haben etwas Faszinierendes. Ich finde das beschämend. Wir lernen, wie man stirbt, sagte Hilda, ich bin noch nicht bereit, das zu lernen, sagte Aileen, und Lewis, der direkt aus dem anderen Krankenhaus kam, dem Krankenhaus, in dem Max immer noch auf der Intensivstation lag, traf Tanya, als er im neunten Stock aus dem Aufzug stieg, und während sie zusammen durch den glänzenden Korridor gingen und versuchten, nicht durch die offenen Türen zu den anderen Patienten hineinzuschauen, die mit Schläuchen in der Nase tief in ihre Betten gesunken dalagen, vom bläulichen Licht der Fernseher bestrahlt, sagte Tanya zu Lewis, es ist mir eine unerträgliche Vorstellung, dass jemand bei laufendem Fernseher sterben könnte.

Er hat jetzt so was seltsam Unbeteiligtes, sagte Ellen, das macht mich ganz nervös, es beunruhigt mich, auch wenn es dadurch leichter ist, mit ihm zusammen zu sein. Manchmal war er ja so zänkisch. Ich ertrage das nicht, dass die jeden Morgen hier reinkommen und mir Blut abnehmen, was machen die denn mit all dem Blut, soll er gesagt haben; aber wo ist seine Wut geblieben, fragte sich Jan. Meistens war er jetzt ganz reizend, er erkundigte sich jedes Mal, und wie geht es *dir*, wie fühlst du dich. Er ist jetzt so liebenswürdig, sagte Aileen. Er ist so nett, sagte Tanya. (Nett, nett, stöhnte Paolo.) Erst war er sehr krank gewesen, aber er rappelte sich, nach allem, was Stephen gehört hatte, diesmal bestand nicht die Befürchtung, dass er sich nicht mehr erholen würde, die Ärztin sprach davon, ihn in zehn Tagen zu entlassen, wenn alles gut ging, die Mutter ließ sich überreden, wieder nach Mississippi zurückzufliegen, und Quentin bereitete das Penthouse für seine Rückkehr vor. Und er führte weiterhin sein Tagebuch, zeigte es aber niemandem, wobei Tanya, als sie an einem Vormittag im Spätwinter als Erste da war und er noch döste, einen verstohlenen Blick hineinwarf und, so Greg, entsetzt war, nicht wegen irgendetwas, was darin stand, sondern wegen einer fortschreitenden Veränderung seiner Handschrift. Auf den letzten Seiten wurde sie krakelig, schlechter lesbar, und die Zeilen wanderten zum Teil schief über die Seite. Neulich habe ich gedacht, sagte Ursula zu Quentin, der Unterschied zwischen einer Geschichte und einem Gemälde oder einem Foto besteht darin, dass man in der Geschichte schreiben kann: Er lebt noch. Auf einem Gemälde oder einem Foto dagegen kann man das »noch« nicht zeigen. Man kann ihn nur lebend zeigen. Er lebt noch, sagte Stephen.

BESCHREIBUNG (EINER BESCHREIBUNG)

Kürzlich an einem Vormittag um elf ein retardierender Einschub. Memorabilien sind Dinge, die erinnerungswürdig sind, nicht Dinge, an die man sich erinnert. Man kann alles vergessen, und dann kommt es doch wieder. Lieber skrupulöse Ungenauigkeit. Ich nenne die Zeit (elf Uhr vormittags), aber nicht das Dorf (Neuengland?). Denk dir bitte ein Genrebild. Gasthaus, Kirche. Kuhglocken, Kirchenglocken. Meine Schlaflosigkeit, meine schlechten Träume: Für mich war es schon spät. Ich hatte mein hübsches, niedriges Zimmer, ein Gehäuse neurasthenischer Zurückgezogenheit, verlassen und war schon auf der Straße, nicht weit vom Postamt, von dem aus ich dir so viele niedergeschlagene Briefe geschickt hatte. Unter Wolkenfetzen und einer orangeroten Wintersonne. Auf dem Weg.

brach plötzlich vor mir ein Mann zusammen und durchschnitt das prächtige Band meiner Schrittfolge. Jemand, den ich nicht kannte: mesomorph im blauen Anzug. Nur wenige Menschen waren auf der Straße, und es war Zufall, dass ich gerade da war – hinter ihm ging, stehen blieb. Er lag am Bordstein, die rechte Wange auf dem eisigen Pflaster. Verdarb das Genrebild: Strohdächer, ein paar Zentimeter Schnee auf der Straße.

wie vom Blitz getroffen, was die Vorstellung vermitteln wird, dass es plötzlich geschah (nichts hatte mich auf dieses Drama vorbereitet) und die Ursache nicht ersichtlich war. Niemand hatte ihm mit einem Tomahawk den Schädel eingeschlagen.

Kein Pistolenschuss ertönte. Ich hatte mit diesem Unglück nichts zu tun.

und alle Frauen, die in der Nähe waren, kreischten laut auf; man sieht das nicht alle Tage, dass jemand anständig Gekleidetes einfach umkippt. Die Anständigen bleiben in der Vertikale. Die Extravaganz des dörflichen Wetters, die Biederkeit der dörflichen Sitten. Aber da dies keine moderne Geschichte ist, waren die Leute nicht gleichgültig. Die Schweiz, oder das neunzehnte Jahrhundert? Die Frauen waren überrascht, entsetzt, erschrocken. Wer? Das bucklige Mädchen am Zeitungsstand zum Beispiel, das eine schwarze Ledermütze mit hochgeknöpften Ohrenklappen trug. Noch weitere? Auch noch weitere. Nicht nur Frauen natürlich. Aber niemand tat etwas. Meine Reaktion war anders.

ich hievte ihn auf die Beine seinen schweren Körper tatsächlich war er gar nicht ohnmächtig geworden vielleicht hatte er nur dem Ruf des Bodens gehorcht. Ich mühte mich mit dem Gewicht in meinen Armen, spürte wie sein Körper sich ausdehnte. Er war viel älter als ich, von der Zeit eingeholt. Nicht auf Raubzug, sondern am Verenden. Seine lebensgroße Schwerkraft, seine todesgroße Trägheit. Ich erinnere mich an seine krampfartige Atmung.

und kümmerte mich um ihn Ich staubte seinen Mantel ab und setzte ihm die Brille wieder in sein schmales intelligentes graues Gesicht, so holte ich ihn von der Schwelle zurück. Er trug keinen Hut und ich wischte ihm den Staub vom Kopf. Eine vertrauliche Geste. Von ihm hörte ich sonderbare murmelnde Laute.

bis er seine Sprache wiedergefunden hatte – denn erst als er wieder sprechen konnte, wusste ich, dass er auch imstande sein würde weiterzugehen. Er fing an zu reden. Er erzählte mir, er heiße Ralph und sei vor drei Wochen aus dem Gefängnis entlassen worden; seine Frau habe sich von ihm getrennt; er habe viele Feinde. Ich ließ zu, dass seine Worte sich in mein Herz nagten. Du kannst es dir vorstellen ... falls es dich interessiert. Während er sprach, verdüsterte sich sein Gesicht, von Furcht überschattet. Er muss sich etwas kreatürliches Aufeinander-Eingehen erhofft haben.

die ganze Zeit regte sich kein Muskel in meinem Gesicht aber bestimmt benetzte Schweiß meine Stirn meine Hände vielleicht hoben sich meine bogenförmigen Augenbrauen. Es kann prätentiös wirken zu sprechen also blieb ich stoisch. Ausdruckslos

und ich spürte nichts, weder Angst noch Anteilnahme, zumindest sagte ich mir das in diesem Moment ich hasse verletzliche Menschen ich bin nicht bereit mich von anderen zu einer Annehmlichkeit machen zu lassen bin keine Wärmepfanne für versehrte Seelen. Andere krallen und kraulen und kosen. Ich bin konsequenter ich habe den Einfluss von Mitleid aus mir herausgespült

aber ich tat, was zu tun war hörte ihm zu, wischte seine Kleider ab, fragte ihn, ob er zum Arzt gebracht werden (nein) oder ein Taxi gerufen bekommen wollte (nein danke). Sein schwammiges Lächeln, seine verquollenen Augen. Er wankte davon, nachdem er mir einen guten Tag gewünscht hatte. Vielleicht war es ein gewaltiges Missverständnis. War er bloß betrunken? Ich war bereit, mehr zu tun, wenn er mich brauchte, seine lakonische Wohltäterin. Ich hätte ihn in Sprache hüllen können wie in eine Decke. Mein altes Gefühl, dass die ganze Welt meinen Schutz braucht Wir leben in schrecklichen Zeiten

und ging dann gleichmütig meines Weges. Ein leichter Schmerz zwischen den Rippen von der Anstrengung. Das Gefühl, nützlich, gelassen, souverän gewesen zu sein – nicht zu sehr, aber auch nicht zu wenig. Hätte ich einer verqueren Regung folgen sollen? Nein. Ich werde mich dieses Moments nicht schämen.

Nehmen wir an, jemand hätte mir am Tag zuvor erzählt, wie Leute es oft tun sie erzählen einem etwas und behandeln die Zeit, als wäre sie ein Essen, das man bestellen kann, eine Filmvorschau, ich höre aufmerksam zu

morgen Vormittag um elf wie auf Verabredung Bin ich so berechenbar? Ich male und zeichne jeden Tag zu festen Zeiten draußen im Freien, das stimmt. Aber in besagtem Moment um elf Uhr hätte ich auf dem Weg zu einer Beerdigung sein können, einen Welpen auf den Fersen. Ich hätte auf dem Weg zum Bahnhof sein können, um in die Skiferien zu fahren. Ich hätte gerade auf der anderen Straßenseite eine Zeitung kaufen können.

wird ein Mann auf diese Weise neben mir stürzen – nicht vor mir. Ohne Vorwarnung. Die gleiche Szene. Aber vielleicht hinter der Schule statt unweit des Postamts. Jemand mit faulen Zähnen, einem rissigen Daumennagel. Hyperdrama

Ich hätte alle möglichen vorgreifenden Qualen durchlitten, mich gefragt, ob ich der Situation gewachsen sein würde, mich gefragt, was er wohl hatte (eine Krankheit? irgendeinen Kummer?) es hätte mich berechnend gemacht. Nach viel zu wenig Schlaf hätte ich mich eigens für den Anlass gekleidet, zu elegant gekleidet (Glacéhandschuhe, ein seidenes Taschentuch), ich wäre verschwitzt gewesen, feucht. Und noch weiter entfernt von meiner alten Unschuld und Gelassenheit. Waren wir wirklich einmal glücklich?

und im entscheidenden Moment in der Ewigkeit gibt es Einschnitte, den Gesetzen der Faszination entsprechend, die Zeit scheint wirklich stehen zu bleiben, die Zeit wird ausgesetzt in Tableaus Ein Zustand der Hypersensibilität.

hätte ich, statt dem Mann zu helfen, vielleicht getan, was er tat. Stürzen. Dann wären wir zu zweit gewesen, bäuchlings neben dem Bordstein hingestreckt. Wie vom Blitz getroffen. Hätten die Hilfe einer dritten, zufällig vorbeikommenden Person gebraucht …

Denn in der Zwischenzeit der Zeit zwischen Ankündigung und Ereignis … aber wer hätte ein solches Ereignis vorhersagen können? Niemand. Niemand, es sei denn, man glaubt, dass es Menschen mit der Gabe der Prophetie gibt, abgesehen von der Person, die den Mann zu Fall bringen sollte … Eigentlich sehr spannend, das Ganze.

hätten alle möglichen Impulse Zeit gehabt, dieses Erlebnis vorwegzunehmen Impulse? Und vorbereitet zu sein. Vorgewarnt, ich hätte Riechsalz mitbringen können, eine Schubkarre.

und zu kommentieren. – Mir zu sagen, wie ich mich fühlen soll. Ich hätte diese Straße um elf Uhr meiden können. Aber warum hätte ich das tun sollen? Ein Moment der Gewissheit hat einiges für sich. Eine Störung gebiert die nächste. Ich war in einer fragilen Stimmung. Du verlässt mich. Du bist ruhig, sehr höflich; ich dagegen ergehe mich in den Unarten der Verzweiflung … ich weine, bettle, lüge, beleidige. Ich schlafe zur Zeit sehr wenig, ich habe viel zu lernen. Wie man kämpft, wie man unfreundliche Gesten vollführt, wie man sich selbst parodiert. Mein Unbehagen, mein evangelistischer Eifer. Es muss alles akzeptiert werden. Ich entdecke, wer ich geworden bin.

Was also sind unsere Erfahrungen? Das, was uns ereilt, worauf wir nicht vorbereitet sind. Meine Kampagne des aufgeklärten Eigennutzes: Manchmal gelingt es mir, aus meinen unbedeutenden Schrecken Fassung zu gewinnen. Jede Erfahrung trägt ein Etikett. Auf dem steht: Wenn man bedenkt, dass auch dies im Bereich des Möglichen liegt.

Viel mehr da ist immer mehr wir versuchen immer uns vorzubereiten Wie man anderen ohne Angst und Schwäche gegenübertritt

das, was wir in sie hineinlegen, als ich wusste, dass du mich nicht liebtest und nicht glücklich machen konntest aber ich konnte meine Liebe zu dir nicht aufgeben mein idyllisches Selbst

das, was sie bereits enthalten! Kein Grund, überhaupt zu reagieren man hätte einfach weitergehen können aber ich wollte zeigen dass ich stark und kompetent bin. Keine großartigen Gesten. Aus mangelndem Stolz handelte ich stolz ich weiß dass ich dir gegenüber viele Fehler gemacht habe

Oder müssen wir so weit gehen zu sagen Mit dir zusammen zu sein ist wie mit einer tickenden Bombe zusammenzuleben. Ständig schrecke ich auf, horche nach einer Veränderung im Ton, diesem leichten Zögern, dem Stocken im Rhythmus bevor das elende Ding in die Luft fliegt

die Erfahrungen an sich, wenn man sie so nennen kann, oder das Verlustgefühl. Tick tack. Vielleicht fliegt sie ja doch nicht in die Luft Ich kann mir angewöhnen, mich langsam zu bewegen.

enthalten nichts? Momentan ist da nichts. Ich verzehre mich nicht vor Gram. Aber man kann alles vergessen, und dann kommt es wieder, durch Gewaltfantasien verstärkt.

Erfahren heißt erfinden? – Mein wachsames Alleinsein. Ich habe diese Geschichte schon oft erzählt, ein urbaner Robinson Crusoe.

DIE BRIEFSZENE

Atme tief durch. Unternimm noch nichts, du bist noch nicht so weit. Wann wirst du so weit sein? Nie nie nie.

Das bedeutet, dass ich jetzt anfangen muss.

Fang noch nicht an, auf gar keinen Fall, es ist zu schwierig. Nein, zu einfach.

Lass mich anfangen, es hat ja schon angefangen, ich komme sonst nicht mehr hinterher.

Nicht so, du Dussel. Wie du auf der Stuhlkante hockst, so fängt man nicht an. Setz dich richtig hin.

Bremse mich nicht, merkst du denn nicht, dass ich kaum mehr zu halten bin? Tief durchatme, von Gefühlen überflutet … die passenden Gerätschaften zur Hand. Füller, Bleistift, Schreibmaschine, Computer?

Du weißt doch, dass du alles ruinieren wirst, oder? Diese Dinge brauchen Zeit. Erst einmal heißt es den Boden bereiten. Den anderen dein Kommen ankündigen.

Mein Mich-Aufdrängen, meinst du. Meine Forderungen, mein Flehen.

Du hast ein Recht darauf, das gebe ich zu. Atme tief durch.

Das Recht zu atmen? Vielen Dank. Und wie steht es mit meinem Recht zu bluten? Ich will nicht, dass da irgendetwas gestoppt, gestillt, versorgt wird. Lass es mich versuchen. Beachte mich einfach nicht, solange ich es versuche.

***

Erster Akt, zweites Bild. Mit gefurchter Stirn und feuchten Handflächen setzt sich Tatjana an ihren Sekretär, um Eugen einen Brief zu schreiben. Nach der Grußformel stockt sie. Wie soll sie fortfahren, wo sie sich doch nur einmal begegnet sind, vor wenigen Abenden, als sie unten im Wintergarten scheu am Fenstersims stand, ihm mit den Augen überallhin folgte und den Blick kaum von seinen glänzenden Jackenknöpfen zu heben vermochte? Diese Aufwallung von Wärme: Sie möchte eine Erklärung abgeben. Sie steht auf und bittet ihre Amme, ihr einen Tee zuzubereiten. Die Amme bringt auch etwas Karamellkuchen mit. Tatjana runzelt die Stirn und macht sich wieder an die Arbeit. Sie stellt sich Eugen mit einem Hintergrund aus Luft vor, und er wird schlanker, dichter, ferner. Die Erklärung, die sie abgeben will, ist eine Liebeserklärung. Sie fängt an zu singen.

Der Wind rüttelt an den Fensterläden, und Eugens kratzender Federkiel gleitet flink über das Blatt wie ein kleiner Fisch, der mit seiner winzigen Flosse schlägt. »Liebster Vater, es gibt Etliches, was ich Ihnen schon lange sagen möchte, aber nie auszusprechen gewagt habe. Vielleicht bringe ich in diesem Brief den Mut dazu auf. In einem Brief kann ich mir vielleicht ein Herz fassen.« Wenn er so anfinge, könnte Eugen das, was er eigentlich sagen will, so lange wie möglich vor sich herschieben. Dieser Brief wird – soll – eine Anprangerung sein. Er wird sehr lang werden. Eugen wirft noch etwas Holz ins Feuer.

***

Der Abend vor Dumanes Hinrichtung durch den Strang: Nach der Henkersmahlzeit sitzt Dumane zum Klang der Kirchen- und Freiheitslieder, die seine Kameraden in den benachbarten Zellen die ganze Nacht hindurch singen werden, um ihm Mut zu machen, auf dem Zementboden seiner kaum zehn Quadratmeter großen Zelle, die Knie an die Brust gezogen, einen Bleistiftstummel zwischen drei verletzten Fingern seiner linken Hand – die rechte haben sie ihm gebrochen –, und bringt langsam und mühselig in Druckbuchstaben seine letzten geschriebenen Worte zu Papier. »Wenn du das hier liest, bin ich tot. Du musst tapfer sein. Ich bin ruhig. Mbangeli und ich sterben im Vertrauen darauf, dass unser Opfer nicht vergeblich sein wird. Trauere nicht zu lange um mich. Ich möchte, dass du wieder heiratest. Tröste Großmutter. Küss die Kinder.« Es stand noch mehr da, in mühsam erkämpften wackeligen Großbuchstaben, aber dies waren die entscheidenden Punkte. Der Brief endet: »P.S. Meine geliebte Tochter, denk immer daran, dass dein Vater dich liebt und sich wünscht, dass du so wirst wie deine Mutter. Liebster Sohn, bitte kümmere dich um deine Mutter, die dich brauchen wird, und tu dein Bestes in der Schule, bis du bereit bist, deinen Platz in unserem gerechten Kampf einzunehmen.«

***

Man muss sich das vorstellen, all diese kunstlosen Briefe, rasch hingeworfen inmitten der quälend langsamen Arbeit an den komplexen, strengen Romanen und Essays, die sie schnell berühmt gemacht hatten, und jetzt ist eine zweibändige Sammlung ihrer Briefe erschienen, von denen es heißt, sie seien womöglich das Beste, was sie je geschrieben habe. Es sind nicht nur ihre sprühenden Sätze, die so bezaubern – alle Welt ist angerührt von dem Porträt der idyllisch-liebevollen Familie, der sie entstammt. Kann es wirklich sein, dass es derart geeinte Familien noch gibt? Selbst heutzutage? Niemand weiß von den verbitterten Briefen an ihre Schwester, die der Witwer im Grill verbrannte. Die Menschen haben genug von Desillusionierung und unschönen Enthüllungen, sie gieren nach musterhafter Redlichkeit. Wir Menschen. Niemand würde sie je so gut kennen wie er, niemand würde wissen, wie tapfer sie während der letzten Monate ihrer schrecklichen Krankheit war, als der Hirntumor an ihrer Sprache nagte und er es übernahm, Briefe für sie, von ihr, zu schreiben, die Briefe, die sie geschrieben hätte, wenn sie noch dazu imstande gewesen wäre. Als Hüter ihres guten Namens kann er jetzt auf eine Weise in ihre Arbeit eintauchen, wie sie es ihm zu Lebzeiten nie erlaubt hatte. Und er ist anspruchsvoll, so wie sie es war. Jemand, aber dieser Professor ist nicht namhaft genug, hat eine Biografie in Angriff genommen; er hat sich noch nicht entschieden, ob er mitwirken will. Ein im Fernen Osten stationierter Zeitungskorrespondent schreibt ihm einen gefühligen Brief über den »nicht wiedergutzumachenden Verlust für die Literatur«. Er antwortet, und ein Briefwechsel entspinnt sich. Könnte der Mann ein ehemaliger Liebhaber von ihr sein? Ein Päckchen mit ihren Briefen trifft aus Hongkong ein, achtundsechzig sind es, mit rotem Faden verschnürt. Er liest sie voller Staunen. Ein posthumer Schock: Das ist nicht die Frau, die er kannte.

***

Erster Akt, zweites Bild. Tatjana kippt das Glas frischen Tee herunter, das die Amme ihr gebracht hat. Sie schiebt die Hand unter ihre Bluse und reibt sich mit dem Daumen über die flaumige Schulter. Sie hat den Brief gerade erst begonnen. Die Euphorie des Sich-Erklärens sollte ihr Lohn genug sein, aber nein, schon tut sich die Notwendigkeit einer Antwort auf. »Sie haben mich nicht angesehen«, hat Tatjana auf der ersten Seite geschrieben. Und in der Mitte der zweiten Seite: »Jetzt schreibe ich Ihnen, um zu fragen, ob Sie je an mich denken.« Dann weint sie und fängt (nicht im Versepos, nicht in der Oper – nein, im wahren Leben) den Brief noch einmal von vorne an. In der Oper wird sie von der Gefühlswelle, die sie am Anfang erfasst, bis zum Schluss getragen.

***

Hier sitze ich nun mit meinen unabänderlichen Gefühlen, zumindest fühlen sie sich unabänderlich an, und es ist klar, dass das alles genauso gut auch hätte nicht geschehen können. Wir mussten uns nicht begegnen.

Wir sind uns begegnet, weil in dem fünfstöckigen Mietshaus, in dem ich zu meinem großen Glück eine Wohnung mit Mietpreisbindung gefunden habe, ein Feuer ausbrach. Ein schläfriger Kiffer im vierten Stock hatte sein Rosshaarsofa in Brand gesetzt. Qualm, schwarzer beißender Qualm, nichts Ernstes. Ich stand fröstelnd auf der Straße, ohne Mantel, und du warfst gerade ein paar Münzen in den Zeitungsautomat der *Times*. Als du merktest, dass ich dich ansah, fragtest du mich nach dem Feuer. Nichts Ernstes. Wir gingen an den Feuerwehrautos vorbei, um ein paar Häuser weiter einen Kaffee zu trinken. Das war letzten Januar, und jetzt komme ich um vor Ernst. Warum hast du mich verlassen? Stört es dich nicht, wie kühl er dich behandelt? Was ist dieses weiße Blatt, das da auf meinem Schreibtisch liegt? Ich wollte dir einen Brief schreiben, glaubst du, du könntest mich wieder lieben, aber vielleicht tue ich es doch nicht.

***

Der Brief, der nie abgeschickt wurde, Schatten von.

Der Brief, der nie ankam, zwei weitere Arten von Schatten. Der Brief, der verloren geht (in der Post). Der Brief, der nicht geschrieben wird, auch wenn sie behauptet, sie habe einen Brief geschrieben und er müsse wohl verloren gegangen sein (in der Post). Man darf der Post nicht trauen. Und auch nicht denen, die Post verschicken.

***

Überhaupt zu schreiben heißt schon … alles. Ein Akt der Hingabe. Deshalb zögert sie, während sie im Kopf weiter Briefe schreibt. Man erzählt sich, dass Artur Schnabel im Kopf zu üben pflegte.

***

Erster Akt, zweites Bild. »Ich bin so kühn, an Sie zu schreiben«, hat Tatjana begonnen, erneut begonnen – jetzt hat sie den richtigen Ton gefunden. »Ach, braucht es mehr als dies allein? / Nun wird gewiss – was soll mir bleiben? / Verachtung meine Strafe sein!«

Die dünne Wachskerze auf dem Sekretär flackert. Oder ist es der Mond, der bebende Mond, der heller wird?

Geh schlafen, mein Liebling, murmelt die alte Amme.

»Ach Amme. Ach, ach, ach …« Aber sie will nicht an der Brust der geliebten, gütigen Alten Trost suchen.

Ist ja gut, mein Liebling, ist ja gut …

»Mach das Fenster auf, Amme, ich ersticke.« Die knorrige

Greisin tut wie befohlen. »Ich friere, Amme, bringe mir eine Decke.« Verwirrt bleibt sie am Fenster stehen. »Ach, ach, ach …«

Komm, ich singe für dich, mein Liebling.

»Nein, Amme, ich bin es, die singen sollte. Mit meinem mädchenhaften Sopran. Geh jetzt, Amme, meine liebe alte Amme, ich muss singen …«

***

Dies ist ein Brief, der schlechte Nachricht bringt. Ich weiß nicht, wie ich anfangen soll. Zunächst sah es ja gar nicht so schlecht aus mit uns. Wir waren durchaus optimistisch. Erst gegen Ende ging es bergab. Ich hoffe, du kannst es einigermaßen akzeptieren. Es ist schrecklich, Überbringerin der schlechten Nachricht etc.

***

Warum niemand mehr Briefe schreibt. (Dazu gibt es viel zu sagen, ohne dass man das Telefon auch nur erwähnt.) Die Leute wollen sich die Zeit nicht mehr nehmen, sehr viel Zeit, wie sich erweist, denn es mangelt ihnen an Selbstvertrauen. Den Füller über dem weißen Blatt gezückt, zögern sie. Der anfängliche Überschwang lässt sich nicht flüssig, zügig in eine Stimme umsetzen, die den Maßstäben – welchen Maßstäben? – genügt. Weiteres Zögern. Sie schreiben einen Entwurf.

Außerdem wirken Briefe so – einseitig. Oder nicht schnell genug. Man ist zu wichtig für die Antwort.

***

Die schlechte Nachricht ist jetzt noch schlechter. Es ist eine wirklich schlechte Nachricht, die Sorte, die zu Förmlichkeit verleitet. Er schrieb mir einen tröstenden Brief in einer blumig-formalen Diktion, die ich herzzerreißend fand.

Anders als Liebende, anders als beste Freunde können sich Kinder und Eltern weder freudig noch verzweifelt dem Gedanken hingeben, dass sie sich keineswegs hätten begegnen müssen. Und nicht unbedingt auseinandergehen müssen, außer wenn sie es denn tun. Eugen kommt dem, was er sagen will, jetzt näher. »Du warst großzügig, Vater, und bist zweifellos davon überzeugt, mir gegenüber nur die besten Absichten zu hegen. Denk nicht, ich wäre dir nicht dankbar für die monatliche Zuwendung, die du mir zukommen lässt, seit ich die Kadettenschule abgeschlossen habe. Doch so wie du gemäß deinen Prinzipien gehandelt hast, muss ich fortan gemäß den meinen handeln.« Ein frostiger Brief – der Ton, den Eugen anstrebt, ist der einer Art undurchschaubaren Aufrichtigkeit –, der sich zu einem leidenschaftlichen, heftigen Brief entwickeln wird.

***

Die Hongkong-Briefe, wie der Witwer sie nannte, enthüllten eine fast zehnjährige Beziehung, deren fantasievolle Lüsternheit er seiner Frau nicht einmal im Traum zugetraut hätte. Die gemeinsamen sexuellen Ekstasen wurden darin plastisch geschildert, ebenso die Leichtigkeit, mit der sie sich in seiner Abwesenheit allein durch den Gedanken an die raue Lust, die sie einander bereiteten, jederzeit volle Befriedigung verschaffen konnte, sogar komplett bekleidet und in der Öffentlichkeit (beim Plaudern auf einer Cocktailparty, bei einer Lesung), sofern sie etwas hatte, gegen das sie sich unauffällig pressen konnte. Und »er« – immer »er«, respektvoll über die Briefe verteilt, »er« und seine rührend beschränkten Bedürfnisse, seine fürsorgliche, asexuelle Gegenwart, ohne die sie befürchtete, nicht schreiben zu können. Großer Gott! Das war seine treu liebende Hingabe für sie gewesen? Ein bloßer ehelicher Bordun? Jetzt würde er seine Reißzähne blecken – für ein Verbrechen aus Leidenschaft ist es nie zu spät. Er kauft ein Flugticket nach Hongkong.

***

Und auch der dreiundvierzigjährige Büroangestellte aus Osaka an Bord des havarierten, wild kreisenden Jumbojets, der rasant an Höhe verliert und schließlich dem Berg entgegenstürzt, auch dieser Büroangestellte, der es schafft, die weißglühend in ihm aufschießende kreatürliche Angst zu überwinden und ein Blatt von dem Block in seiner Aktentasche abzureißen, schreibt jetzt wie Dumane einen Abschiedsbrief an seine Frau und seine Kinder. Allerdings bleiben ihm dafür nur drei Minuten. Andere Passagiere schreien oder stöhnen, einige sind auf die Knie gegangen, um zu beten, während aus den Fächern über den Sitzen Pakete, Gepäckstücke, Kissen und Jacken herabregnen. Die Beine gegen den Vordersitz gestemmt, damit es ihn nicht in den Gang wirft, den linken Arm fest um die Aktentasche geschlungen, auf der er schnell, aber lesbar schreibt, ermahnt er die Kinder, ihrer Mutter zu gehorchen. Seiner Frau erklärt er, dass er nichts bereut – »wir hatten ein erfülltes Leben«, schreibt er –, und er bittet sie, seinen Tod zu akzeptieren. Während er unterschreibt, kippt das Flugzeug seitlich ab, er kann das Blatt gerade noch in seine Jackentasche schieben, dann wird er an seinem Sitznachbarn vorbei geschleudert, knallt mit dem Kopf gegen das Fenster und sinkt in barmherzige Bewusstlosigkeit. Als sein zerschmetterter Leichnam unter mehr als fünfhundert anderen auf dem mit Zedern bestandenen Hang geborgen wird, findet man den Brief, der von einem J.A.L.-Angestellten mit geröteten Augen der Ehefrau überbracht und auf den Titelseiten der Zeitungen veröffentlicht wird. Ganz Japan löst sich in Tränen auf.

***

Ihre Briefe waren so wohlig am Alleinsein ausgerichtet. Die Trennung wurde zu einem Wert an sich, war Anlass und Rechtfertigung fürs Briefeschreiben. Aus einem ihrer Briefe an mich: »Wenig später habe ich dann einen Monat auf einer lavendelduftenden Insel vor der dalmatinischen Küste verbracht. Ich habe ein Zimmer im Haus eines Fischers gemietet und ein paar andere, nette Touristen kennengelernt, mit denen ich viel zusammen unternommen habe: Wir haben uns ein Boot mit 4-PS-Außenbordmotor gemietet, um tauchen zu gehen, haben auf einer felsigen Halbinsel im Schatten der Pinien Picknicks mit gebratenen silbernen Makrelen und frisch gebackenem Fladenbrot gemacht, das hier *lepinja* heißt, haben uns an langen Abenden im Café am Hafen von dem Leben erzählt, das wir anderswo führen. Ich bin als Erste abgereist, bevor sich auch die anderen wieder nach Houston, London, München aufmachten; als sich der Dampfer von der Anlegestelle entfernte, habe ich noch heftiger gewinkt und gerufen: ›Schreibt mir, schreibt!‹

Der Erste, den ich wiedergesehen habe, war der Anwalt aus Texas, wir hatten uns häufig geschrieben und trafen uns im folgenden Frühjahr in Genf. ›Du hast *schreibt mir* gerufen‹, neckte er mich, ›als hättest du Angst gehabt, dass wir dich verlassen. Dabei warst du diejenige, die sich entschlossen hatte, uns zu verlassen und weiterzureisen.‹ Das hat mich in meinem Stolz getroffen, ich habe ihm seither nicht mehr geschrieben.«

Wieder an mich (ein Fragment): »... nicht als mangelndes Vertrauen oder als Rückzug verstehen. Oder als Ablehnung. Man lebt so schlecht, wenn man Angst davor hat, allein zu leben.«

Jemand anderem gegenüber, nicht mir, gestattet sie sich ein lyrisches Tremolo. Mit seinen vier Dromedaren durchquerte Don Pedro d'Alfaroubeira die Welt und bestaunte sie. Er tat das, was ich auch gern täte. Hätte ich doch drei Dromedare! Oder auch nur zwei! Ich schreibe das im Sattel des mir verfügbaren Rosses. Ich sehe die Welt, ihre Wunder. Es ist genau das, was ich in meinem einen, einzigen Leben immer tun wollte. Aber unterdessen möchte ich in Verbindung bleiben. Wirklich in Verbindung. Bleiben.

Mit dir. Und dir.

***

»Es wird dich freuen, zu hören, Vater«, fügt Eugen hinzu, »dass ich meine Spielschulden bezahlt habe.« Es soll sarkastisch klingen, aber vielleicht versucht er doch auch, den alten Mann zu beschwichtigen. Was schert es ihn, was schert es ihn, sucht er denn immer noch den Beifall seines Vaters? Dieser Teil, in dem der gescheiterte Dichter zu verstehen gibt, dass er sein Leben nicht vergeudet hat, sollte als Presto behandelt werden, wie ein Billett mit einer Forderung zum Duell.

***

Tatsächlich schreibt in dem abstürzenden Jumbo noch jemand – eine Vierzehnjährige, die nach einem freudigen Wochenende bei ihrer Tante in Osaka, mit der sie mehrere Takarazuka-Vorstellungen besucht hat, auf dem Heimweg nach Tokio ist und gerade ihren Dankesbrief anfangen will, als der Pilot seine erste, heisere Durchsage macht, woraufhin sie erschauert und den gezückten Stift auf das Papier sinken lässt, um stattdessen zu schreiben: Ich habe Angst. Angst. Hilfe. Hilfe. Hilfe.

Die Schriftzeichen sind unleserlich. Ihr Brief wird nie gefunden.

Hier ist ein Hort alter Briefe. Ein abgeschlossenes Kapitel … Ich versuche gerade, sie wieder zu lesen. Sie sind von meinem Ex-Mann. Wir waren damals seit sieben Jahren verheiratet, und da wir für immer verheiratet sein würden, hatten wir mir ein Sabbatical genehmigt. Ich hatte ein Stipendium in Oxford zugesprochen bekommen, wir hatten uns für die Dauer des akademischen Jahrs getrennt und schrieben uns jeden Abend blaue Luftpostbriefe. Damals, es ist ewig her, führte man keine transatlantischen Telefonate. Wir waren arm, er war knickrig. Ich war dabei, mich innerlich zu entfernen, merkte, dass ein Leben ohne ihn tatsächlich möglich war. Aber ich schrieb ihm trotzdem jeden Abend. Legte mir tagsüber schon zurecht, was ich ihm abends schreiben würde. Ich war einfach so an ihn gewöhnt. Fühlte mich geborgen. Ich empfand mich nicht als separate Person. Bei allem, was ich erlebte, auch wenn ich nur eine Stunde von ihm getrennt war, war meine erste Überlegung, wie ich ihm davon berichten würde, und wir trennten uns nie länger als ein paar Stunden, nur für die Zeit, in der er unterrichtete und ich meine Kurse besuchte – wir waren unersättlich. Selbst wenn ich einen schmerzhaften Druck auf der

Blase verspürte, wollte ich mich seiner Gegenwart nicht berauben; weiterredend folgte er mir auf die Toilette. Wenn wir nachts von einer jener Veranstaltungen zurückkehrten, die Akademiker damals gern als Party bezeichneten, blieben wir so manches Mal im Auto sitzen, bis die Morgendämmerung die Straße zu erhellen begann, derart vertieft in unsere ausgiebigen Charakteranalysen seiner unmöglichen Kollegen, dass wir vergaßen, in unsere Wohnung hinaufzugehen. So viele Jahre währte dieses deliriöse Miteinander ununterbrochenen Redens – und mehr als dreimal so viele Jahre sind seither vergangen! Ich frage mich, ob er meine Briefe auch aufgehoben hat. Oder hat er sie, um sich mit seiner zweiten Frau fester zu verbinden, ins Feuer geworfen? Nach der Scheidung bin ich ein Jahr lang mit einem dümmlichen Lächeln im Gesicht aufgewacht, immer wieder aufs Neue überrascht und erleichtert, nicht mehr mit ihm verheiratet zu sein. Ich habe mich seither nie wieder bei einem Menschen so geborgen gefühlt. Es ist nicht recht, sich so geborgen zu fühlen. Ich lese seine Briefe nicht wieder, ich kann es nicht. Aber ich muss an sie denken, in ihrem Schuhkarton dort unten in meinem Schrank. Sie sind ein Teil meines Lebens, meines erloschenen Lebens.

***

Erster Akt, zweites Bild. »Ach, warum kamen Sie aufs Land / wo wir so still verborgen waren? / Ich hätte nimmer Sie erkannt / und nie solch Herzeleid erfahren. / Ich hätte, klüger mit den Jahren, / vielleicht ein ander Ziel erstrebt / und, einem andern treu verbunden / ein friedlich Glück bei ihm gefunden / und frommer Mutterpflicht gelebt.« Tatjana hat ihre unbestreitbaren Gefühle. Aber wie können die Gefühle in einer Brust ebensolche in einer anderen Brust entflammen? Was sind die Gesetze des Entbrennens? Sie kann nur über ihre eigenen Gefühle sprechen – unbestreitbar ihre eigenen, nachdem sie die rührseligen Briefromane über die Liebe, die sie so gerne liest, hinter sich gelassen hat. Über Einzigartigkeit. »Ein andrer … Nein! Es kann auf Erden / mein Herz sich keinem andern weihn! / So ließ des Schöpfers Hand mich werden / so will's der Himmel: Ich bin dein!«

Schwüre, Versprechen – ist nicht die Inbrunst, mit der wir sie ablegen, ein Beleg für die Stärke der entgegengesetzten Kraft, des Vergessens? Die unbezwingbare Macht des Vergessens ist notwendig, um die Türen und Fenster des Bewusstseins zu schließen und Raum für Neues zu schaffen. Tatjana lehnt sich auf ihrem Stuhl zurück, bebend, schwitzend, und wischt sich mit der Hand über die Stirn. In ihrer duftenden Kindheit zwischen Weißbirken gab es nichts, was sie auf diese schreckliche Verengung vorbereitet hätte. Sie versucht vergeblich, sich ihre liebe Schwester vor Augen zu rufen, ihre pummeligen, gütigen Eltern. Die ganze Welt ist zusammengeschrumpft und besteht nur noch aus Eugens finsterem, ruhelosem Gesicht. Dann fort mit der Vergangenheit, mag sie sich auflösen im fahlen Licht des Mondes, verfliegen wie die helle Duftnote eines Parfums. Ohne Vergessen könnte es kein Glück, keine Fröhlichkeit, keine Hoffnung, keinen Stolz, keine Gegenwart geben. Ohne Vergessen gäbe es keine Verzweiflung, keine Beklemmung, keine Niedergeschlagenheit, keine Sehnsucht, keine Zukunft.

***

Andere flehentliche Bitten um Liebe, andere Formen der Zaghheit.

Als ich mich das erste Mal mit dir traf, hattest du ein weißes Halstuch umgebunden, die Sonne lag in deinem Haar, deine Bluse war gestreift, du trugst eine Leinenhose und Espadrilles. Von meinem Tisch auf der Caféterrasse mit Blick auf die Piazza del Popolo sah ich dich näher kommen. Ich fand dich nicht schön. Während du fröhlich erzähltest, du habest die Nacht im Gefängnis verbracht, weil du einem Polizisten den frisch ausgestellten Strafzettel für zu schnelles Fahren aus der Hand genommen und zerrissen hattest, hast du dich hingesetzt und ein Zitronensorbet bestellt. Ich sah dich und dachte, wenn ich »Ich liebe dich« sagen kann, bin ich verloren. Aber ich habe es nicht gesagt. Stattdessen werde ich dir jetzt einen Brief schreiben. Die schwächste Option.

Nun da ich sehe, wie schön du bist, gerät mir dein Gesicht in den Weg. Die Augen folgen mir, wie auf einem Linsenrasterbild. Ich will dir nicht sagen, dass du schön bist. Ich muss an etwas anderes denken. Die Gepflogenheiten und mein unfaires Herz verlangen, dass ich dir schmeichele. Um dir eine Gefühlsäußerung zu entlocken. Ich will diese beglückenden Worte aussprechen: Liebe, Liebe, Liebe.

Ich bekam einen Brief von einer engen Freundin. Ich ließ ihn eine Woche lang ungeöffnet liegen. Er schmorte auf meinem Nachttisch. Den Umschlag, der den Namen einer bloßen Bekannten trug, riss ich ungeduldig auf, während ich noch die Treppe hinaufging, denn ich war mir sicher, dass in dem Brief nichts Verstörendes oder Verletzendes stehen würde.

Ich muss dir sagen, dass ich in einer winzigen Handschrift schreibe, so winzig, dass man sie für unentzifferbar halten könnte, aber das ist sie nicht. Die Schrift mag den Anschein erwecken, ich wolle ungekannt bleiben, mich dem zwischenmenschlichen Kontakt entziehen; tatsächlich aber will ich, dass du mich kennst, ebendeshalb schreibe ich dir, mein Schatz.

Liebste, heute morgen habe ich deinen wunderbaren (getippten) Brief erhalten, und ich antworte dir eiligst. Bitte scheib mehr.

Mehr Mühe, als du dir vorstellen kannst – das bedeutet es für mich. In meinem Unterschlupf sitze ich am Küchentisch unter einer schmutzigen Fensterscheibe, durch die das triste Licht hereinfällt, und überlege, was ich dir sagen könnte. Ich streiche mit der flachen Hand über das Gehäuse meiner Schreibmaschine, spiele an meinen Haaren herum, befingere mein Kinn, fahre mir über die Augen, reibe mir die Nase, wische mir eine Locke aus der Stirn, als läge darin die Herausforderung und nicht in dem Blatt Papier, das in die Schreibmaschine eingespannt ist. Vielleicht wird mein Versuch, dir zu schreiben, scheitern, doch es gar nicht erst zu versuchen hieße, auf die gleiche Weise zu scheitern.

Ein schwarz umrandeter Umschlag aus Deutschland trifft ein, die Todesanzeige eines lieben Bekannten, von dessen Tod ich eine Woche zuvor schon telefonisch erfahren hatte. Ich fände es einfacher, meine Post zu öffnen, wenn die Briefe alle farblich gekennzeichnet wären. Schwarz für den Tod (Christoph ist mit neunundvierzig an seinem zweiten Herzinfarkt gestorben). Rot für die Liebe. Blau für die Sehnsucht. Gelb für die Wut. Und ein

Umschlag mit altrosa Umrandung – ob diese Farbe Freundlichkeit anzeigen könnte? Denn auch solche Briefe gibt es, was ich gern vergesse: Briefe, die schlicht Ausdruck von Freundlichkeit sind.

Hallo, hallo, wie geht es dir? Wie geht es dir, mir geht es gut, wie geht es dem und der …

Und dir, meine Liebe?

***

Erster Akt, zweites Bild. Seufzend, zitternd, schreibt Tatjana weiter an ihrem Brief in einem von Fehlern strotzenden Französisch. (Sie ist fiebrig, wie schon angedeutet.) Sie hört sich selbst, ihre Worte. Und den Gesang der Nachtigall. (Hatte ich erwähnt, dass es im Garten eine Nachtigall gibt?) Der Morgen wird bald dämmern, aber noch braucht sie das Licht der flackernden Wachskerze. Sie singt ihre Liebe. Oder vielmehr singt die Opernsängerin die Tatjana. Obwohl Tatjana sehr jung ist, wird die Rolle oft von reifen Diven gesungen, deren Stimme nicht mehr leisten kann, was sie sollte. Sie sollte schweben. Aber bei einer eher schwerfälligen Phrasierung kann die Gesangslinie kaum schweben oder federn, sie wirkt gebremst oder getrieben. Glücklicherweise ist dies eine gute Aufführung. Der Gesang schwebt. Tatjana schreibt. Und singt.

***

Ich ertrage es nicht, keinen Brief von dir zu bekommen, und gehe nicht mehr aus dem Haus. Kann es sein, dass ich einmal sorglos und ausgelassen war? Jetzt ziehe ich einen langen Schatten hinter mir her, der alles Grün verdorren lässt.

Ich bleibe drinnen, warte auf deine Antwort. Mein selbstauferlegter Hausarrest erweist sich als Freiheitsentzug von ungeahnter Dauer. Manchmal gehe ich am späten Vormittag oder frühen Nachmittag, nachdem der Briefträger da war, wieder ins Bett: der Tagschlaf, mit dem sich Häftlinge die Zeit verkürzen. Dein Brief wird kommen.

***

Ich schreibe deinen Namen. Zwei Silben. Zwei Vokale. Dein Name bläst dich auf, er ist größer als du. Du ruhst schlafend in einer Ecke, dein Name erweckt dich. Ich schreibe ihn. Du könntest nicht anders heißen. Dein Name ist deine Essenz, dein Aroma, dein Reiz. Anders benannt, verschwindest du. Ich schreibe ihn. Deinen Namen.

***

»Liebe Freundin! Liebe Freundin! Du bist alles, was mir noch bleibt, meine letzte Hoffnung, meine einzige Freundin. Nur du kannst mich retten. Ich möchte dahin kommen, wo du bist, möchte bei dir sein, in deiner Nähe. Ich werde dich nicht belästigen, dich nicht besuchen, dich nicht bei der Arbeit stören, ich muss nur wissen, dass du da bist, dass sich auf der anderen Seite meiner Zimmerwand ein lebendiges Wesen befindet. Du. Ich brauche deine Wärme. Man hat mich vernichtet! Ich bin am Boden zerstört! Am Ende meiner Kräfte! Nach dem Alptraum des vergangenen Jahrs muss ich zu dir kommen – unter deine Fittiche! Könntest du mir ein Zimmer besorgen? Egal, was für eins, ich brauche nur einen Tisch und einen Ausblick, soll heißen ein Fenster, aus dem ich hinausschauen und etwas sehen kann, keine Wand, aber wenn das Fenster auf eine Wand hinausgeht, macht es auch nichts, solange ich in deiner Nähe bin. Du wirst mich retten, du wirst mir zeigen, was ich tun muss, wie ich leben soll. Und könntest du mir das Geld für das Ticket leihen? Ich brauche nichts, ich werde nichts von dir verlangen. Ich werde dir nicht zur Last fallen, wenn ich erst einmal da bin, das verspreche ich dir hoch und heilig. Wer könnte dein Bedürfnis, für dich zu sein, besser verstehen als ich? Wie ich deine Unabhängigkeit, deine Stärke bewundere! Und dein großzügiges Herz. Mit dir als Leitstern werde ich genauso unabhängig sein wie du. Ich werde selbst für mich kochen, wenn es sein muss, ich bin es ja gewohnt, für mich zu sorgen, aber falls du jemanden im Dorf finden könntest, der sich meiner schlichten Bedürfnisse annimmt, wäre es leichter für mich, einfach in meinem Zimmer zu sitzen, aus dem Fenster zu schauen und ganz gelassen an dich zu denken, ohne es zu wagen, dich zu stören. Du bist die Einzige, an die ich mich wenden kann, aber du bist auch die Einzige, die ich brauche. Erinnerst du dich an unsere erste Begegnung, wie die Glühfäden der Kupferlampen über unseren Köpfen glommen? Damals hast du mich verstanden. Du hast mich immer verstanden. Bitte vollbringe ein Wunder. Richte es ein! Versteck mich! Besorg mir ein Zimmer!«

Und ich besorgte ihm ein Zimmer, in dem Haus neben meinem, auf einem Hügel oberhalb der Dünen. Ich schrieb ihm, dass er durchs Fenster Bäume und freie Flächen sehen werde, und Kinder, die am Meer Drachen steigen ließen. Und dass wir auch welche steigen lassen würden.

»Das ist die Schrift eines Irren«, sagte eine Freundin, der ich nach seinem Tod den Brief mit dieser riesigen Handschrift zeigte. Nein, nicht eines Irren, sondern eines Kindes: Es waren die gleichen großen Buchstaben, die ein Kind malt, das nicht aus dem Handgelenk, sondern mit dem ganzen Arm schreibt, aus der Schulter. Liebe Mommy, ICH LIEBE DICH VON GANZEM HERZEN. ICH WERDE DICH IMMER LIEBEN.

Ich besorgte ihm ein Zimmer. Und er kam nicht.

***

Oben in Originalgröße, Abb. 1 (Illustration folgt), und darunter in Vergrößerung, Abb. 2 (dito), ein Beispiel einer Schrift, die Richard Anton Mitte der 1920er Jahre verwendete, anscheinend um seine Manuskripte vor unerwünschter Lektüre zu schützen. Prof. Joachim Greichen hat nachgewiesen, dass sich die meisten dieser Texte als gekritzelte Entwürfe von Prosatexten entziffern lassen, die Anton später fertigstellte und veröffentlichte. Zwar kehrte er 1931 zu seiner normalen Schrift zurück, siehe Abb. 3 (dito) auf der gegenüberliegenden Seite, doch pflegte er die Größe der Schrift weiterhin zu variieren. In seinen persönlichsten Briefen etwa schrieb er oft in sehr großen Druckbuchstaben. ICH BRAUCHE, ICH WILL. ICH BRAUCHE, ICH WILL.

***

Ich liebe lindes Klima. Ich räkle mich am Swimmingpool. Meine Briefe sind mein Tagebuch. Ich deponiere mein Leben bei jemand anderem. Bei dir. Ein Sommergewitter zieht auf. Soll ich das Wetter (oder die Landschaft) beschreiben, um mittels des Wetters (der Landschaft) die Irritationen des Selbst abzubilden? Ich schreibe, ich fühle mich geborgen, ich summe vor mich hin. Ich bin voll sexueller Beklommenheit.

***

Das Begehren ist so schnell, wie die Post langsam ist. Die Verzögerungen der Postzustellung machen meine Briefe schon im Moment ihres Entstehens obsolet, durch sie wird alles, was ich schreibe, falsch. Denn während ich noch schreibe und auf die einzelnen Punkte in deinem vorigen Brief eingehe, gibt es bereits einen nächsten Brief von dir, in dem du auf den letzten, den du von mir erhalten hast, eingehst und etwas anderes schreibst. Während ich schreibe, existiert bereits ein Brief von dir, *den ich noch nicht gelesen habe*. Der Briefgott treibt sein Spiel mit uns. Unsere Briefe überkreuzen sich, unsere Gliedmaßen jedoch nicht.

***

Sinnierte die Diva: »Ich liebe es, besucht zu werden, ich verabscheue Besuche bei anderen. Ich liebe es, Briefe zu bekommen, auch sie zu lesen. Aber ich verabscheue es, Briefe zu schreiben. Ich liebe es, anderen Menschen Ratschläge zu geben, aber ich verabscheue es, selbst welche zu erhalten, und auch einen weisen Rat befolge ich nie sofort.«

Manchmal liegt den Briefen ein Foto bei, das die Diva gern signiert. Viele Grüße, schreibt sie dazu. Mit den besten Wünschen. Stets die Ihre. Herzlich. In Liebe. Ja, auf die Fotos wildfremder Leute, die aber Fans sind – wildfremder Leute, genau – schreibt sie In Liebe.

***

Briefe können ein Mittel sein, jemanden auf Distanz zu halten. Allerdings muss man dazu sehr viele Briefe schreiben – mindestens einen, manchmal sogar zwei am Tag. Wenn ich dir schreibe, muss ich dich nicht sehen. Dich nicht berühren. Nicht meine Zunge auf deine Haut legen.

Anfangs schreibt er vorwiegend von seiner erstaunlichen und inzwischen legendären Entdeckung, der eines »sechsklassigen« Ehesystems auf dem nahe gelegenen Mortimer Island. Er ist glücklich. Das spürt sie. Und sie freut sich für ihn und schreibt ihm das auch. Und das spürt er wiederum, er spürt, dass sie möchte, dass er glücklich ist, sich voll und ganz seiner Arbeit hingibt, mit dieser untrennbar verbunden ist, nicht an sie daheim denken oder sich um sie sorgen soll. Und seine Liebe scheint durchs Schreiben größer zu werden, er sehnt sich danach, mit seiner Briefpartnerin zusammen zu sein, allerdings nicht in England (sie hätte jedoch auch nicht zu ihm kommen können); und dann endet die Korrespondenz. Trevors letzter Brief traf über einen Monat nach dem Telegramm ein, das Elizabeth von seinem Tod unterrichtete, er war mit vierundzwanzig Jahren vom Schwarzwasserfieber dahingerafft worden. Sie schildert diesen Moment nur knapp und fast kommentarlos, hinterlässt uns – so wie es ihr ein halbes Jahrhundert lang erging – mit der Wunde, dem Schweigen und der Möglichkeit, offen. Wären sie glücklich miteinander alt geworden?

***

Ich konnte ihm nicht mitteilen, dass ich die Scheidung wollte, nicht brieflich. Meine Briefe mussten liebevoll sein. Ich musste bis zu meiner Rückkehr warten. Er holte mich am Flughafen ab, eilte aus dem Wartebereich auf die Rollbahn, sobald er mich aus dem Flugzeug steigen sah. Wir umarmten uns, holten meinen Koffer ab, erreichten den Parkplatz. Sobald wir ins Auto gestiegen waren, noch bevor er den Zündschlüssel ins Schloss gesteckt hatte, sagte ich es ihm. Wir saßen im Auto und redeten; wir weinten.

Natürlich sollte es einfacher sein, in einem Brief nein – oder niemals, oder nicht mehr – zu sagen. Einfacher, bei weitem, als von Angesicht zu kummertrübem Angesicht. Ja zu sagen ebenfalls? Ja.

***

Erster Akt, zweites Bild. Tatjana liest die drei Seiten, die sie geschrieben und unterzeichnet hat. Durchgestrichene Wörter, Tränenflecken auf dem Papier – gleichviel, es handelt sich ja nicht um eine Schulaufgabe. Der Brief bleibt, wie er geschrieben wurde, wird gesiegelt.

Sonnenaufgang. Sie zieht an der Klingelschnur, um ihre verwirrte Amme zu rufen, die glaubt, dass ihr nervöser Liebling einfach früher aufgestanden ist als sonst, und weist die Alte an, den Brief ihrem Enkel zu geben, der ihn, schnell, schnell, dem neuen Nachbarn bringen soll. Wem? Wem? Tatjana deutet stumm auf den Umschlag, den geliebten Namen.

Und Eugen? Tatjanas Eugen. Der blasse, schlanke Bursche mit der finsteren Miene und den teuren ausländischen Stiefeln, der, als er neulich abends vorbeigekommen war, auf einen Plausch, wie alle hofften, tatsächlich mit kaum jemandem ein Wort gewechselt hatte. Wer liebt, hält die geliebte Person immer für einsam. Aber Eugen (Eugens Eugen) fühlt sich tatsächlich so einsam und elend, wie Tatjana es sich vorstellt.

Das gilt auch für diesen Eugen (meinen Eugen), der einen sechsseitigen, hochmütigen Brief abgeschlossen hat, in dem er ein für allemal mit seinem Vater bricht. Er wird niemanden mehr an sein Herz heranlassen – von jetzt an, schwört er sich, wird er sich jeglicher Zuneigung verschließen.

Doch dann erfährt er, dass sein Vater gestorben ist (hat er

Eugens Brief vor seinem Tod noch erhalten?), und kehrt – hier trifft meine Geschichte wieder mit der ihren zusammen – nach St. Petersburg zurück, um dem Begräbnis beizuwohnen und den Nachlass zu regeln; im Begriff, ins Ausland zu gehen, hört er dann, dass der ältere Bruder seines Vaters im Sterben liegt (wie sterblich diese grimmigen alten Männer doch sind!), und findet sich pflichtbewusst auf dem abgelegenen Landsitz ein, wo sein Onkel jedoch bereits im Hof aufgebahrt liegt; Eugen beschließt zu bleiben, so lange ihm der Sinn danach steht (ob das ländliche Leben vielleicht seine dichterische Gabe wieder zum Leben erwecken könnte?), ist viel allein, lässt sich dann aber nach einem Monat der Abkapselung, die vom ringsum lebenden Landadel entschieden missbilligt wird, widerwillig zu einer Zusammenkunft im Haus einer eingesessenen Familie mit zwei Töchtern mitnehmen, eigentlich nur ein einfacher Familienabend mit ein paar Nachbarn. Dort nimmt er die hübsche Ernsthaftigkeit der Gestalt auf der Fensterbank durchaus wahr und denkt sich, wenn ich mich verlieben könnte, dann vielleicht in so ein Mädchen. Er findet ihre melancholische Anmutung … kultiviert.

Als er Tatjanas Brief erhält, ist er gerührt, allerdings hauptsächlich aus Mitleid angesichts ihrer Arglosigkeit und Unschuld, denn die Liebe hat er aus seiner Vorstellung verbannt. Er liest ihren Brief noch einmal, seufzt; er will sie nicht verletzen. Am Ende dieses Tages, des längsten Tages in Tatjanas Leben, wird er zum Haus ihrer Familie reiten – er trifft sie im Garten an –, um ihr so galant, wie er es vermag, zu erklären, dass er nicht für die Ehe geschaffen ist und allenfalls brüderliche Gefühle für sie zu hegen imstande wäre. Kein Brief an Tatjana. Er ist nicht von ihr besessen. Er sagt es ihr von Angesicht zu Angesicht.

***

So wie du den Mut aufbringst, mir zu schreiben, bringe ich den Mut auf, deinen Brief zu lesen. Nicht dass ich über jeden Satz nachgrübeln würde, aber ich glaube, ich habe verstanden, warum es dir schwerfällt, mir zu schreiben. (Siehst du, du erlaubst mir, dich zu kennen.) Es liegt daran, dass du jeden Brief an mich so schreibst, als wäre er der erste.

***

Eugen weiß nicht, dass Tatjana nach der Unterhaltung im Garten krank wird und fast stirbt. Vor Scham, vor Kummer. Aber er erfährt zwei Jahre später von einem alten Klassenkameraden aus der Kadettenschule, dass sie geheiratet hat, gut geheiratet – tatsächlich ist ihr Gatte, ein General und ehrbarer Mann, sogar ein Freund von Eugens Familie –, und jetzt in St. Petersburg lebt.

Hat er das vergessen, als er wiederum zwei Jahre später zu einem Empfang im Haus der Gremins eingeladen wird? Als General Gremin ihm seine junge Frau vorstellt, erkennt Eugen in der würdevollen, diademgeschmückten, noch schöner gewordenen Frau zunächst nicht das verletzliche, schwermütige Mädchen, das er im elterlichen Garten zurückgewiesen hat. Ihre Augen sehen, schauen aber nicht. Sie fragen nichts.

Kandelaber, Kronleuchter.

Es zieht ihn immer wieder ins Haus der Gremins, er sorgt dafür, dass er ihr in der Oper oder bei anderen Festlichkeiten begegnet, aber Tatjana und er tauschen allenfalls ruhige Höflichkeiten aus. Manchmal gelingt es ihm, derjenige zu sein, der ihr das Pelzcape um die Schultern legt. Sie nickt ernst – um was zu sagen? Manchmal scheint sie das liebe Gesicht in ihrem

Muff zu verbergen. Verwirrt gesteht er sich irgendwann ein, dass er sie liebt, über alle Maßen liebt. Dass diese Liebe vom Himmel verfügt wurde. Er erkennt es daran, dass er ihr schreiben will. Könnte dies die Erklärung für die rätselhafte Ödnis in seinem Herzen sein? Jetzt macht er sich lächerlich, aber sei's drum. Eines Nachts bleibt er auf, bis der Morgen graut, und füllt vier Briefseiten mit Liebesgeheul. Am nächsten Tag schreibt er einen weiteren Brief. Und einen dritten.

Und er wartet und wartet. Auf eine Antwort.

Was hat er mit dem Brief getan, den sie ihm vier Jahre zuvor geschickt hat? Er hat ihm nicht einmal die Würde angedeihen lassen, ihn zu verbrennen, hat ihn einfach achtlos weggeworfen. Wenn er ihn doch bloß noch hätte, ihn in seiner Brieftasche verborgen bei sich trüge, ihn auf- und wieder zusammenfalten, mit seinen Tränen benetzen könnte.

Bitte schreiben Sie mir, nur einen einzigen Brief, bittet er demütig bei ihrer letzten Begegnung. Er hat entdeckt, dass sie weint: Tatjana hat keine Geheimnisse mehr. Unwiderruflich verheiratet, hat sie doch nie aufgehört, ihn zu lieben. Er kniet zu ihren Füßen nieder.

Es wird keinen Brief geben.

Sie vergisst nichts.

Es gibt keine Zukunft.

***

Jetzt atme ich noch einmal tiefer durch. Mache mich bereit, bin bereit, zaudere. Meine Sehnsucht ist freigelegt. Sie liegt parat, in Worten.

Dreh die Halogenlampe heller. Es ist nicht genug Licht in diesem Zimmer.

Liebste, bitte schreib mir weiterhin. Deine Briefe werden mich immer erreichen. Du kannst mir in deiner wahren, deiner kleinsten Schrift schreiben. Ich werde sie ins Licht halten. Ich werde sie mit meiner Liebe vergrößern.

DER BLICK AUS DER ARCHE

ODER

DIALOG ZWISCHEN EINEM NACHKOMMEN NOAHS UND EINEM VOGEL

»Erzähl mir eine Geschichte«, sagte einer der Nachkommen Noahs. »Ja, erzähl mir eine Geschichte.«

»Was denn für eine Geschichte? Hmmm. Ich kann dir eine Geschichte erzählen, die gut ausgeht.«

»Sei nicht so gönnerhaft. Ich halte schon was aus. Erzähl mir einfach eine Geschichte.«

»Dann erzähle ich dir eine Geschichte, die nicht gut ausgeht. Aber nach einer Weile wirst du mir nicht mehr zuhören. Ich werde merken, dass du unruhig geworden bist, dass dein Blick schweift. Ich werde dich fragen, was los ist, und du wirst mir sagen, dass du diese Geschichte schon kennst. Und dass sie nicht so schlecht ausgehen müsste.«

»Gibt es denn nur zwei Sorten von Geschichten? Das glaube ich dir nicht!«

»Ach, der Himmel ist weit. Ach, das Meer ist tief. Und ach, alle Geschichten sind bereits erzählt. Ach. Ach. Ach.«

»Hör auf! Du willst mir nur Angst machen. Aber das ist zwecklos – es ist zwecklos, mir Angst machen zu wollen. Ich muss bei Laune bleiben. Ich habe doch gewusst, dass du ein Unk-Vogel bist. Es *gefällt* dir, mir Angst zu machen.«

»Ich und unken? Da liegst du völlig falsch. Ich finde es herrlich, zu leben. Durch die Luft zu sausen, herabzustoßen, zu landen, wo ich will. Aber was ich sehe, wenn ich mich umschaue, ist einfach entmutigend.«

»Eigentlich sollst du doch eine Überbringerin guter Nachrichten sein.«

»Ich kann nur berichten, was ich sehe.«

»Na, dann flieg wieder weg. Und komm erst wieder, wenn du etwas Positives zu berichten hast.«

»Siehst du, ich hab's dir ja gesagt, du willst keine schlechten Nachrichten hören.«

»Na ja, jedenfalls nicht ständig. Das kann man mir ja wohl kaum verdenken.«

»Also gut, ich versuche es noch einmal. Denk nicht, ich wäre gern die Unheilsbotin, ganz und gar nicht. Also, warte hier, und ich schau mich noch mal um.«

»Moment!«

»Was denn?«

»Lass dich da draußen nicht ablenken. Ich meine, trödel nicht herum. Komm zügig mit den Nachrichten zurück.«

»Erst schimpfst du, weil ich angeblich unke, und dann soll ich mich nicht am Leben freuen. Ich kann aber nicht anders. Ich bin für die Ekstase geschaffen. Ich bin Künstlerin, weißt du.«

»Und wo findest du die Ekstase?«

»Überall.«

»Hast du's gut.«

»Bist du nie ekstatisch?«

»Doch, schon, aber dann …«

»Ja, ja, ich weiß: Dann zieht dich irgendwas herunter. Du hast deinen ganzen Besitz am Hals, der dir so wichtig ist und instand gehalten oder ersetzt werden muss, deine großen Pläne, deine trampelige Verwandtschaft und …«

»Lass meine Verwandten aus dem Spiel, ja? Die tun ihr Bestes.«

»Ihr tut alle euer Bestes. Und dazu gehört, die schlechten Nachrichten so lange zu ignorieren, bis sie sich euch auf den Schoß setzen.«

»Ja und? Warum sollten wir nicht optimistisch sein? Denk mal daran, was wir schon alles überstanden haben. Und wir sind immer noch da. Wir werden überleben, das weiß ich.«

»Ich hoffe es. Ich hoffe wirklich, dass du recht hast. Also, ich mache mich auf den Weg.«

»Aber du kommst wieder?«

»Klar.«

»Versprochen?«

»Natürlich komme ich wieder.«

***

»Na, das hat ja gedauert!«

»Tut mir leid. Ich hab's mir gut gehen lassen.«

»Und sonst?«

»Ich habe nach guten Nachrichten Ausschau gehalten.«

»Und …«

»Na ja, ein paar gute Nachrichten gibt es immer, falls du das hören willst. Denk nicht, ich würde dich gern beunruhigen.«

»Na komm, beunruhige mich.«

»Es sieht wirklich nicht sehr gut aus da draußen. Ich habe ziemlich schreckliche Dinge gesehen.«

»Ich wette, du hast gezielt danach gesucht.«

»Da muss man nicht lange suchen.«

»Vielleicht sehen sie nur für dich schlimm aus. Vielleicht würde ich es ganz anders sehen.«

»Na gut, probieren wir es mal aus. Ich habe ein paar Bilder dabei.«

»Oh, Bilder! Prima!«

»Schau.«

»Großer Gott, der Mond! Die Flut hat sich zurückgezogen, und wir sind auf dem Mond gelandet. Gott sei gepriesen.«

»Nein, das ist die Wüste.«

»Ah. Das sind ja wirklich unglaubliche Bilder.«

»Danke.«

»Für mich sieht das sehr schön aus. All diese Gold- und Rosa- und Brauntöne. Und der Himmel. Und dieses Licht. Wo liegt das Problem?«

»Es geht nicht nur um das, was du siehst. Du musst wissen, was passiert ist. Zu den Bildern gibt es eine Geschichte. Und wenn du die Geschichte kennst, nehmen die Bilder eine andere Bedeutung an.«

»Ich weiß, jetzt erzählst du mir gleich vom Bösen im Menschen. Aber die Geschichte kenne ich. Deshalb ist schließlich die Sintflut gekommen.«

»Nein, etwas so Allgemeines will ich dir nicht erzählen. Es geht eher um Passivität. Und um Macht. Vielleicht ist dir aufgefallen, dass auf den Bildern nirgends Menschen zu sehen sind. Aber was du da siehst, ist das Werk von Menschen.«

»Trotzdem, für mich sieht das schön aus. Mit diesem zarten

Fries von Ruinen im Hintergrund, die fast dieselbe Farbe haben wie der Sand.«

»Manchmal sehen Dinge schön aus, nachdem sie zerstört wurden.«

»Schöner als vorher?«

»Manchmal schon.«

»Und woran erkennt man den Unterschied?«

»Man muss die Zeichen zu lesen wissen.«

»Ach, das ist doch Vogelgerede.«

»Und Menschengerede, da kannst du dir sicher sein.«

»Kennen viele Menschen diese Geschichte?«

»Ja. Gar nicht wenige. Sie kennen die Geschichte zwar, aber sie fühlen sich nicht davon betroffen.«

»Na ja, du musst zugeben, dass es sehr viel gibt, wovon man sich betroffen fühlen sollte. Aber man kann sich nicht unentwegt betroffen fühlen.«

»In diesem Fall sollte man es aber.«

»Die Welt ist doch riesig. Ich meine, es gibt jede Menge Platz. Spielt es wirklich eine Rolle, was an ein paar wenigen Orten passiert? Ob ein paar Orte verwüstet oder geschändet oder zerstört werden? Man kann ja woanders hin. Oder ob ein paar Bibliotheken voll alter Bücher und Manuskripte abgefackelt oder ein paar Museen geplündert werden? Es gibt doch noch jede Menge andere alte Sachen, wenn man sich so was gern anschaut.«

»Du scheinst Amerikaner zu sein.«

»Was?«

»Schon gut.«

»Ich glaube, ich erprobe diese Geschichte mal an ein paar Leuten. Darf ich ihnen die Bilder zeigen?«

»Warum nicht?«

»Flieg nicht weg. Bleib hier auf deiner Stange hocken. Ich bin wieder zurück, ehe du mich vermisst!«

***

»Und, hast du mich vermisst?«

»Was haben die anderen gesagt?«

»Dass sie die Bilder sehr schön finden.«

»Sonst nichts?«

»Sie haben gesagt, dass sie auch besorgt sind.«

»Und was noch?«

»Sie haben gesagt, da könne man nichts machen.«

»Das haben sie gesagt? Alle?«

»Na ja, nicht alle.«

»Und ...«

»Sie haben gesagt, das Leben da draußen sei hart und grausam.«

»Ich würde mal sagen, das ist das Leben hier drin auch. In eurer, wie nennt ihr das, Arche.«

»Wir kommen zurecht.«

»Mhm.«

»Doch, wirklich! Wir müssen bloß, na ja, unsere Erwartungen etwas herunterschrauben.«

»Je schlimmer es wird.«

»Genau.«

»Wer ist jetzt pessimistisch?«

»Das ist nicht pessimistisch. Es ist einfach nur realistisch.«

»Ja, klar.«

»Und sie haben auch gesagt, dass ich das, was du sagst, nicht wörtlich nehmen soll. Du seist eine Künstlerin.«

»Das habe ich dir selbst schon gesagt.«

»Ich dachte, es sei deine Aufgabe, Nachrichten zu überbringen.«

»Das tun Künstler auch.«

»Ja, schlechte Nachrichten.«

»Nicht immer, da kannst du dir sicher sein.«

»Sie haben mir gesagt, dass Künstler ein Faible für Katastrophen haben. Dass sie sich an schlechten Nachrichten weiden. Und dass Künstler naive Moralisten sind, die die ehernen Gesetze der Geschichte nicht begreifen. Und auch nicht die des (lach nicht) Fortschritts.«

»Wie zum Beispiel ... »

»Na ja, warum sie so was tun müssen, zum Beispiel. Die Leute, die am Drücker sitzen. Warum sie die Wüste zerstören müssen. Und manchmal auch Dörfer und Städte. Was du mir halt auf den Bildern gezeigt hast.«

»Na, dann sag mir mal, warum.«

»Weil wir Feinde haben. Böse Feinde. Wir müssen gewappnet sein. Wir müssen uns verteidigen. Wir müssen da hin und sie aufhalten, bevor sie so stark werden, dass sie uns schaden können.«

»Das plapperst du nach wie ein Papagei.«

»Hey, wir sind nicht alle Vögel hier.«

»Glaubst du das wirklich, was du gerade gesagt hast?«

»Hör zu, ich begreife schon, was du mir da alles erzählst. Es ist wirklich eine Schande. Das Sumpfland, zu Wüste geworden. Die Wüste verheert. Und was mit den Tieren passiert ist. Und den Menschen und so. Aber es gibt eine Reihe anderer Aspekte zu berücksichtigen – politische, wirtschaftliche, wissenschaftliche –, die du nicht verstehen würdest. Du bist eine Vagabundin. Eine Künstlerin.«

»Stimmt. Ungebunden. Frei wie ein Vogel.«

»Sozusagen.«

»Wie ich sehe, hattest du schon mit vielen Künstlern zu tun.«

»Tut mir leid, wenn ich dich beleidigt habe.«

»Herr, o Herr, gib mir Kraft! Was für Narren sind diese –«

»Zeter nicht so herum. Ich war das schließlich nicht. Nicht ich habe die Wüste zugrunde gerichtet. Die Tiere umgebracht. Die Rekruten abgeschlachtet. Ich habe weder die Bibliotheken abgefackelt noch das Museum mit der Antikensammlung geplündert.«

»Wusstest du, dass man den Bomberpiloten im Ersten Golfkrieg direkt vor ihrem Einsatz Pornofilme gezeigt hat?«

»Den amerikanischen Bomberpiloten.«

»Genau.«

»Ach, das haben sie doch in zahllosen amerikanischen Kolonialkriegen schon genauso gemacht. Aber nicht die Amerikaner haben die Verbindung zwischen Testosteron und der Freude am Töten erfunden, besonders am Töten wehrloser Menschen hoch oben aus der Luft. Genauso wenig wie die Amerikaner die Einzigen sind, die ihren eigenen Boden vergiften.«

»Was willst du mir damit sagen?«

»Dass das alle tun, wenn sich die Gelegenheit bietet. Warum hackst du also auf den Amerikanern herum?«

»Wahrscheinlich bin ich eine amerikanische Künstlerin.«

»Wirst du jetzt sarkastisch?«

»Ich?«

»Ja, du.«

»Ich, der Inbegriff von Ernst und Aufrichtigkeit?«

»Ja, du.«

»Adieu. Ich fliege jetzt in die Wüste der Fröhlichkeit.«

»Bevor du verschwindest, gib wenigstens zu, dass Gewalt der Natur innewohnt.«

»Nicht zuletzt der menschlichen Natur.«

»Ja. Wobei sich nicht alle Menschen so schlimm verhalten, wie man sich verhalten kann.«

»Lass diese Verallgemeinerungen. Es geht um das, was hier passiert.«

»Mag sein, aber ich gehöre nicht zu den Tätern. Die Leute, die all diese Dinge tun, würden mit einem Wesen wie dir nicht einmal reden. Wer so etwas tut, würde sich ein Gewehr schnappen und dich einfach im Flug abknallen.«

Flügelschlagen.

»Hey! Bleib hier! Ich gehöre doch nicht zu den Herrschern dieser Welt! Ich bin nur ein armes Geschöpf, so wie du! Bleib … hier.«

***

»Da bin ich wieder.«

Schweigen.

»Hallo?«

»Ich dachte, du kommst nicht mehr wieder.«

»Oh, ich bin ein hartnäckiger Vogel.«

»Das bist du allerdings! Aber ganz im Ernst: Ich finde es bewundernswert, dass du noch nicht aufgegeben hast.«

»Ich habe mir halt gedacht, wenn ich weitersinge, werde ich vielleicht irgendwann gehört.«

»Nun, Beharrlichkeit ist eine Tugend. Und die Bilder sind wirklich unvergesslich. Das muss ich zugeben. Deine Katastrophenlandschaften.»

»Aber du würdest gern vergessen, was ich dir gezeigt habe, stimmt's?«

»Natürlich. Wer fühlt sich schon gern *noch* hilfloser?«

»Aber du kannst es nicht vergessen.«

»Selbst wenn ich erblinden würde, könnte ich diese Bilder nicht vergessen.«

»Das trifft sich gut, dass du vom Erblinden sprichst. Das ist nämlich das Thema einer Moralpredigt, die ich dir halten wollte. Bist du bereit für eine Moralpredigt?«

»Schieß los.«

»Mein Gott.«

»Komm schon, verstehst du denn gar keinen Spaß?«

»Von Spaß kann hier keine Rede sein.«

»Man braucht einen gewissen Humor. Das hilft beim Überleben.«

Schweigen.

»Okay, okay.«

Schweigen.

»Ich höre dir zu, wirklich.«

»Also, meine Moralpredigt. Wie du weißt oder auch nicht, gibt es zwei Arten von Blindheit. Retinale Blindheit, bei der das Auge erkrankt ist, und kortikale Blindheit, die auf einer Schädigung der Gehirns beruht, während das Auge selbst intakt ist.«

»Das ist ja interessant.«

»Der Witz ist, dass Menschen mit kortikaler Blindheit in gewissem Sinne sehr wohl sehen, das heißt, visuelle Eindrücke gelangen in ihr Gehirn. Aber sie erleben sich als blind, weil diese Eindrücke nicht in den viel kleineren Bereich des Bewusstseins gelangen. Das wurde in einem Experiment erst kürzlich bewiesen.«

»Ich mag Experimente.«

»Ja, ich weiß. Na ja, jedenfalls läuft es so, dass man jemanden, der auf einer Seite – sagen wir, rechts – kortikal blind ist, an einen Tisch setzt. Man bittet diese Person, den Kopf nach links zu drehen. Dann stellt man ein paar Gegenstände, zum Beispiel einen Kaffeebecher und eine Kerze, auf die rechte Seite des Tischs. Wenn man nun fragt: Was siehst du auf der rechten Seite des Tischs, wird die Antwort lauten: Nichts, du weißt doch, dass ich rechts blind bin. Aber wenn man erwidert: Ja, stimmt, auf dieser Seite kannst du nichts sehen, da bist du blind, aber nehmen wir mal an, du *könntest* sehen, stellen wir uns das einfach mal vor – wo, glaubst du, würdest du die Gegenstände auf dem Tisch sehen? Dann wird die blinde Person – schau einer an! – fast ohne Zögern die Hand ausstrecken und sie erst leicht öffnen für die dünne Kerze, und dann deutlich weiter für den bauchigen Kaffeebecher.«

»Wow! Ist das wahr?«

»Ja. Aber das ist eine Geschichte. Du hast mich um eine Geschichte gebeten. Es ist eine Parabel.«

»Und die will uns sagen …?«

»Dass es sich mit unseren Handlungen genauso verhält. So, wie wir viel mehr wissen, als uns bewusst ist, können wir auch viel mehr tun, als wir meinen, tun zu können. Fragt man ganz direkt: Was können wir gegen die Zerstörung der Erde und die Zunahme menschlicher Gewalt tun?, kann die Antwort nur lauten: Nichts. Menschen gegen Tiere, Männer gegen Frauen, der Lauf der Geschichte gegen die Natur? Nichts. Aber wenn wir sagen: Stimmt, da kann man nichts machen. Doch wenn wir uns vorstellen, nur mal so als Hypothese, dass es zwar eindeutig unmöglich ist –«

»Verstehe«, sagte der Nachkomme Noahs.

»Ja«, sagte der Vogel. »Ein anderer Rahmen für den Willen. Es ist sonnenklar – oder vielmehr zappenduster –: Die Wälder werden vernichtet, die Gewässer vergiftet, die Luft wird trüb und toxisch. Und anmaßende Regierungen üben weiterhin ihre Macht aus, um zu erschrecken, einzuschüchtern, auszubeuten, zu plündern und zu metzeln. Nein, die Welt ist nicht zu retten. Aber wenn wir nun trotzdem so täten, als ließe sie sich retten? Nun, dann –«

»Verstehe«, wiederholte der Nachkomme Noahs.

»Ja«, sagte der Unk-Vogel ein klein wenig heiterer. »Es ist nicht restlos auszuschließen, dass die Welt doch noch gerettet wird.«

WALLFAHRT

Alles rund um meine Begegnung mit ihm trägt die Farbe der Scham.

Dezember 1947. Ich war vierzehn, erfüllt von heftigen Bewunderungen und ungeduldigem Verlangen nach der Realität, in die ich mich schleunigst begeben würde, sobald ich meine Kindheit, diese lange Freiheitsstrafe, hinter mich gebracht hatte.

Ende fast in Sicht. Da ich schon in der elften Klasse war, würde ich bereits mit fünfzehn die Highschool abschließen. Und dann, und dann … würde sich alles entfalten. Unterdessen wartete ich, saß meine Zeit ab (noch war ich vierzehn!), erst vor kurzem aus der Wüste des südlichen Arizona an die Küste Südkaliforniens verlegt. Wieder eine neue Umgebung mit neuen Fluchtmöglichkeiten – mir war das recht. Meine unstete verwitwete Mutter schien durch ihre 1945 eingegangene zweite Ehe mit einem gutaussehenden, ordenbehängten und granatsplittergespickten Bomberpiloten der Air Force, den man als krönenden Abschluss eines einjährigen Krankenhausaufenthalts (er war fünf Tage nach dem D-Day angeschossen worden) in die heilkräftige Wüste geschickt hatte, geerdet worden zu sein. Im folgenden Jahr hatte unsere neu zusammengesetzte Familie – Mutter, Stiefvater, kleine Schwester, Hund, unser noch von früher gebliebenes, nach den Maßstäben seiner Heimat entlohntes irisches Kindermädchen sowie die Exotin der Familie, ich – den hell verputzten Bungalow an einer Schotterstraße in Tucson (wo Captain Sontag zu uns gestoßen war) geräumt und gegen ein heimeliges Cottage mit Fensterläden, Rosenhecken und drei Birken am Eingang des San Fernando Valley eingetauscht, wo ich nun, um den Abklatsch eines Familienlebens aufrechtzuerhalten, für den Rest meiner wenig überzeugenden Kindheit stillhielt. An den Wochenenden ließ mein der Uniform entledigter, aber nach wie vor von militärischem Schwung erfüllter Stiefvater auf der Terrasse Lendensteaks und mit Butter bepinselte, fest in Alufolie gewickelte Maiskolben auf dem Grill aufmarschieren. Ich aß und aß – wie auch nicht, wenn ich sah, wie meine verdrießliche, knochige Mutter in ihrem Essen herumstocherte? Seine Munterkeit war genauso bedrohlich wie ihre Apathie. Sie konnten nicht jetzt noch anfangen, Familie zu spielen – zu spät! Ich war auf dem Absprung, auch wenn ich äußerlich ganz die milchgesichtige, zu groß geratene ältere Tochter war, die voller Überschwang ihren vierten Maiskolben mampfte; eigentlich war ich längst weg. (Im Französischen kann man, wenn man länger als vertretbar irgendwo verweilt, erklären: *Je suis moralement partie.*) Ich musste nur noch dieses letzte Stück Kindheit hinter mich bringen. Alles geht vorbei (diese zu Kriegszeiten sehr verbreitete Wendung war mir das erste Beispiel dafür, dass man sich in Erwartung einer besseren Zukunft mit der ungewollten Gegenwart arrangieren kann), und unterdessen war es zulässig, Freude an der familiären Geselligkeit vorzugeben, Konflikten aus dem Weg zu gehen und das bereitgestellte Essen herunterzuschlingen. Tatsächlich fürchtete ich mich vor Konflikten. Und ich war immer hungrig.

Ich hatte das Gefühl, ein Leben weit unter meinem Niveau zu führen. Meine Aufgabe bestand darin, das allseitige Gefasel abzuwenden (ich hatte das Gefühl, in Gefasel zu ersaufen) – die fröhliche Phrasendrescherei von Klassenkameraden und Lehrern, die unerträglichen Plattitüden, die ich zu Hause zu hören bekam. Und dann die wöchentlichen Hörfunkkomödien, die mit Gelächter aus der Konserve garniert waren, die süßliche Hitparade, die hysterischen Baseball- und Boxkampfreportagen – das Radio, dessen Lärm unter der Woche abends und am Wochenende fast den ganzen Tag das Wohnzimmer erfüllte, war eine endlose Marter. Ich knirschte mit den Zähnen, ich zwirbelte meine Haare, ich kaute an den Fingernägeln, ich war höflich. Obwohl mich die neuen Freuden einer von Cliquen geprägten Vorstadtkindheit, in denen meine Schwester schnell aufgegangen war, nicht lockten, sah ich mich nicht als Außenseiterin, denn ich ging davon aus, dass man die Umgänglichkeit, mit der ich mich ummantelte, für bare Münze nahm. (Hier sickert durch, dass ich ein Mädchen war.) Was andere von mir dachten, beschäftigte mich kaum, denn mir erschienen die anderen Leute erstaunlich blind und uninteressiert, wohingegen ich alles wissen wollte: der enervierende Unterschied zwischen mir und all den Leuten, denen ich in meinem – bisherigen – Leben begegnet war. Irgendwo anders, da war ich mir sicher, gab es eine Vielzahl von meinesgleichen. Und ich kam nie auf die Idee, dass man mich aufhalten könnte.

Dass ich weder jammerte noch murrte, lag nicht nur an meiner Überzeugung, dass Klagen nichts brachte. Es lag auch daran, dass die Kehrseite meiner Unzufriedenheit – und zugleich das, was mich meine ganze Kindheit über so unzufrieden gemacht hatte – die Verzückung war. Eine Verzückung, die ich mit niemandem teilen konnte. Und die stetig zunahm – seit unserem letzten Umzug erfüllte mich fast jeden Abend wilder Jubel. Denn in keinem unserer vorigen acht Häuser beziehungsweise Apartments hatte ich ein eigenes Zimmer gehabt. Jetzt hatte ich eins, sogar ohne darum gebeten zu haben. Eine eigene Tür. Jetzt konnte ich, nachdem man mich ins Bett geschickt und angewiesen hatte, das Licht auszumachen, stundenlang mit der Taschenlampe lesen, ohne mich in die Höhle meiner Bettdecke verkriechen zu müssen.

Schon seit frühester Kindheit las ich wie eine Besessene (Lesen hieß, ein Messer in das Leben der anderen rammen) und somit wahllos: Märchen und Comics (meine Comic-Sammlung war riesig), *Compton's Encyclopedia*, die *Bobbsey Twins* und andere Stratemeyer-Serien, Bücher über Astronomie, Chemie, China, Biografien von Wissenschaftlern, sämtliche Reisebücher von Richard Halliburton und eine erkleckliche Anzahl viktorianischer Klassiker. Und als es mich in dem Dorf, das die Innenstadt von Tucson Mitte der 1940er Jahre noch war, eines Tages in den hinteren Teil eines Schreibwarenladens verschlug, stürzte ich dort in den tiefen Brunnen der *Modern Library*. Hier wurden Maßstäbe gesetzt, und hier entdeckte ich – am Ende jedes der Bücher – meine erste Liste. Ich musste die Bücher nur erwerben und lesen (fünfundneunzig Cent die dünnen, ein Dollar fünfundzwanzig die Wälzer) – mein Sinn für das, was möglich war, erweiterte sich mit jedem Buch, wie ein Zollstock, der Glied für Glied aufgeklappt wird. Und binnen eines Monats nach unserer Ankunft in Los Angeles hatte ich einen echten Buchladen aufgetan, den ersten meines buchladenvernarrten Lebens: The Pickwick am Hollywood Boulevard, in den ich alle paar Tage nach der Schule ging, um mich im Stehen ein bisschen weiter durch die Weltliteratur zu lesen – ich kaufte, wenn ich konnte, stahl, wenn ich es wagte. Jeden meiner gelegentlichen Diebstähle bezahlte ich mit wochenlanger Selbstschmähung und der Angst vor kommender Beschämung, aber was blieb mir anderes übrig angesichts meines kärglichen Taschengelds? Eigenartig, dass ich nie auf die

Idee kam, in eine Bibliothek zu gehen. Ich musste die Bücher in meinen Besitz bringen, sie an der Wand meines kleinen Zimmers aufgereiht sehen. Meine Hausgötter. Meine Raumschiffe.

Nachmittags ging ich auf Schatzsuche: Ich war nie gern von der Schule aus direkt nach Hause gegangen. Aber in Tucson hatte der erfreulichste Aufschub – von Besuchen im Schreibwarenladen einmal abgesehen – für mich darin bestanden, auf dem Old Spanish Trail in Richtung der Hügel bei Tanque Verde zu spazieren, wo ich aus nächster Nähe die stacheligsten Riesenkakteen und Opuntien studieren, den Boden nach Pfeilspitzen und Schlangen absuchen und hübsche Steine einstecken konnte, mir vorstellen, mich verirrt zu haben oder eine letzte Überlebende zu sein, mir wünschen, ich wäre eine Indianerin. Oder der Lone Ranger. Hier in Kalifornien aber gab es einen anderen Raum zu durchstreifen, und ich war eine andere Art von Lone Ranger geworden. An den meisten Tagen stieg ich nach der Schule in die Straßenbahn auf der Chandler Avenue, um auf dem schnellsten Weg nicht aus der Stadt, sondern in die Stadt zu gelangen. Nur wenige Blocks von der magischen Kreuzung Hollywood Boulevard und Highland Avenue entfernt lag meine kleine Agora, eine Handvoll ein- oder zweistöckiger Häuser: die Pickwick-Buchhandlung, ein Plattenladen, deren Besitzer mir erlaubten, etliche Stunden pro Woche in ihren Hörkabinen zu verbringen und mich an ihrer Ware zu delektieren, ein Zeitungskiosk mit internationaler Presse, wo ich mir durch militantes Querblättern die *Partisan Review*, *Kenyon Review*, *Sewanee Review*, *Politics*, *Accent*, *Tiger's Eye* und *Horizons* erschloss, und schließlich eine Ladenfront, durch deren offene Tür ich eines Tages selbstvergessen zwei Menschen, die auf eine mir bis dahin unbekannte Weise schön waren, in ein vermeintliches Fitnessstudio folgte, das sich dann als Proberaum der Tanzkompanie von Lester Horton und Bella Lewitzky entpuppte. O goldene Zeiten! Nicht nur waren sie das, sondern ich wusste es auch. Bald sog ich an hundert Strohhalmen zugleich. Auf meinem Zimmer schrieb ich nachgeahmte Erzählungen und echtes Tagebuch, ich führte Listen, um mein Vokabular zu päppeln, führte überhaupt alle möglichen Listen, ich dirigierte zu meinen Schallplatten und las mir jeden Abend die Augen wund.

Und bald hatte ich auch Freunde, die nicht einmal viel älter waren als ich – zu meiner Überraschung. Freunde, mit denen ich über einiges von dem, was mich fesselte und verzückte, sprechen konnte. Ich erwartete nicht, dass sie so viel gelesen hatten wie ich, es reichte, dass sie bereit waren, die Bücher zu lesen, die ich ihnen lieh. Und in der Musik war, noch viel besser, ich die Novizin – welche Wonne! Mein Wunsch, von anderen zu lernen, noch weniger ausgelebt als der Wunsch, meine Begeisterung zu teilen, verhalf mir zu meinen ersten Freunden: zwei Zwölftklässler, auf die ich mich gestürzt hatte, kaum dass ich als Zehntklässlerin an die neue Schule gekommen war, und die mir in ihrem Musikgeschmack weit überlegen waren. Nicht nur beherrschten sie beide ein Instrument – Elaine spielte Querflöte, Mel Klavier –, sondern sie waren hier in Südkalifornien aufgewachsen, wo zahlreiche emigrierte Virtuosen in den großen, von den Filmstudios unterhaltenen Symphonieorchestern angestellt waren und abends in einem Umkreis von hundertfünfzig Kilometern das kanonische wie auch zeitgenössische Kammermusik-Repertoire vor kleinem Publikum darboten. Elaine und Mel waren Teil dieser Zuhörerschaft, deren gehobener Geschmack und geradezu exzentrische Rigorosität durch die entschieden einseitige Ausrichtung der musikalischen Hochkultur im Los Angeles der 1940er Jahre geprägt war – es gab Kammermusik, und es gab alles andere. (Die Oper war in dieser musikalischen Rangordnung so tief angesiedelt, dass sie nicht einmal eine Erwähnung wert war.)

Meine Freunde waren für mich immer beste Freunde – anders ging das bei mir nicht. Neben meinen musikalischen Mentoren, die im folgenden Herbst an der U.C.L.A. ihr Studium aufnehmen würden, zählte zu ihnen noch ein Klassenkamerad, mein amouröser Gefährte während der letzten beiden Highschool-Jahre, der mich auch an das College begleiten sollte, das ich bereits mit dreizehn auserkoren hatte: das College der University of Chicago. Peter war ein vaterloser Flüchtling (er war halb Ungar, halb Franzose), dessen Leben noch viel stärker durch Entwurzelung geprägt war als meines. Sein Vater war von der Gestapo verhaftet worden, und Peter war mit seiner Mutter 1941 aus Paris nach Südfrankreich und von dort über Lissabon nach New York geflohen; nach einem Internatsaufenthalt in Connecticut war er jetzt wieder bei der sehr alleinstehenden, gebräunten, rothaarigen Henya (die ich als genauso jugendlich aussehend, wenn auch nicht als so schön gelten ließ wie meine Mutter). Unsere Freundschaft begann in der Schulcafeteria, wo wir prahlerische Anekdoten über unsere so glamourös gestorbenen Väter austauschten. Mit Peter diskutierte ich über den Sozialismus und Henry Wallace, mit ihm entdeckte ich das Laurel, ein Kino mit internationalem Programm, in dem wir händchenhaltend und weinend *Rom, offene Stadt*, *Und es ward Licht*, *Kinder des Olymp*, *Mädchen in Uniform*, *Die Frau des Bäckers*, *Begegnung* und *Die Schöne und das Biest* anschauten. Wir fuhren in den Canyons und im Griffith Park Fahrrad und wälzten uns eng umschlungen im Gras – Peters große Lieben waren, wenn ich mich recht erinnere, seine Mutter, ich und sein Rennrad. Er war dunkelhaarig, mager, nervös, groß. Ich war zwar immer die Jüngste in der Klasse, aber zugleich ausnahmslos die Größte, ich überragte auch die meisten Jungs, und trotz meines aberwitzig eigenständigen Urteils in den wahrhaft olympischen Fragen war ich in der Frage der Körpergröße deprimierend konventionell. Mein Freund musste nicht nur ein bester Freund sein, sondern auch größer als ich, und das traf nur auf Peter zu.

Der andere beste Freund, den ich fand, ebenfalls ein Zehntklässler, aber von einer anderen Highschool, der auch mit mir an die University of Chicago gehen sollte, war Merrill. Ruhig, stämmig und blond, hatte er alle Attribute eines »süßen Jungs«, eines »duften Typen«, eines Mädchenschwarms, aber ich mit meinem sicheren Blick für Einzelgänger (in jeglicher Verkleidung) hatte sofort erkannt, dass er auch gescheit war. Blitzgescheit. Und daher imstande, für sich zu sein. Er hatte eine leise, angenehme Stimme, ein scheues Lächeln und Augen, die manchmal auch ohne seinen Mund lächelten – Merrill war der einzige meiner Freunde, in den ich vernarrt war. Ich sah ihn liebend gerne an. Ich wollte mit ihm verschmelzen, oder er sollte mit mir verschmelzen, aber es gab nun mal dieses unüberwindbare Hindernis, das ich respektieren musste: Er war fast zehn Zentimeter kleiner als ich. Über die anderen Hindernisse dachte ich nicht so gerne nach. Er konnte geheimniskrämerisch sein, berechnend (sogar im Wortsinne: Zahlen tauchten in Unterhaltungen mit ihm häufig auf), und für meine Begriffe war er oft nicht hinlänglich berührt von Dingen, die ich berührend fand. Ich war beeindruckt von seiner praktischen Art und der Ruhe, die er bewahrte, wenn ich nervös wurde. Nicht so recht einschätzen konnte ich, was er von der durchaus einnehmenden Familie hielt – Mutter, leiblicher Vater, jüngerer Bruder (der ein kleines Mathegenie war) und sogar Großeltern –, über die er verfügte. Merrill redete nicht gern über Gefühle, wohingegen ich darauf brannte, meinen Gefühlen Ausdruck zu verleihen, vorzugsweise indem ich sie auf irgendetwas projizierte, das mich mit Bewunderung oder Empörung erfüllte.

Wir teilten unsere Leidenschaften. An erster Stelle für die Musik – er hatte jahrelang Klavierunterricht gehabt. (Sein Bruder spielte Geige, was mich ebenfalls mit Neid erfüllte, obwohl ich meine Mutter Jahre zuvor – vergebens – um Klavierunterricht angebettelt hatte.) Ich erfuhr von Merrill, dass man kostenlos Konzerte hören konnte, indem man sich (im Sommer in der Hollywood Bowl) als Platzanweiser verdingte; er wiederum wurde durch mich zum Stammgast bei der montäglichen Kammermusikreihe »Evenings on the Roof«, auf die mich Elaine und Mel aufmerksam gemacht hatten. Wir bauten beide die ideale, fast identische Plattensammlung auf (mit 78ern – in seliger Unkenntnis der Tatsache, dass im folgenden Jahr die LP aufkommen würde) und saßen oft zusammen in den kühlen, dunklen Hörkabinen des Highland Record Store. Manchmal kam er zu mir nach Hause, sogar wenn meine Eltern da waren. Oder ich ging zu ihm; seine hausbackene, gastfreundliche Mutter hieß – ich weiß noch, dass ich das peinlich fand – Honey.

Für uns sein konnten wir im Auto. Merrill hatte einen richtigen Führerschein, ich nur die »Junior«-Variante, mit der Vierzehn- bis Sechzehnjährige in Kalifornien damals – ausschließlich – das Auto ihrer Eltern fahren durften. Da uns ohnehin nur die elterlichen Autos zur Verfügung standen, war der Unterschied rein akademischer Natur. Im blauen Chevy seiner Eltern oder im grünen Pontiac meiner Mutter parkten wir nachts am Rand des Mullholland Drive, die weite Ebene voller funkelnder Lichter unter uns wie ein endlos sich hinstreckender Flughafen, ignorierten die Paarungsaktivitäten in den anderen Wagen ringsum und gaben uns unseren eigenen Vergnügungen hin. Mit nicht ganz treffsicheren hohen Stimmen sangen wir uns musikalische Themen vor: »Okay, hör zu. Erkennst du das?« Wir fragten uns gegenseitig das Köchelverzeichnis ab, kannten weite Teile des KV 626 auswendig. Wir wogen die Vorzüge des Busch- gegen die des Budapest-Quartetts ab (ich hatte mich zur intoleranten Anhängerin des Budapest-Quartetts entwickelt); debattierten, ob es angesichts dessen, was ich von Elaine und Mel über Giesekings Nazi-Vergangenheit erfahren hatte, unmoralisch wäre, seine Debussy-Einspielungen zu kaufen, versuchten uns einzureden, dass uns die Stücke, die John Cage am vergangenen Montag bei »Evenings on the Roof« auf dem präparierten Klavier gespielt hatte, gefallen hatten, und überlegten, wie viele Jahre wir Strawinsky schenken würden.

Letzteres war eine unserer wiederkehrenden Diskussionen. Cages Geschepper und Geklopfe begegneten wir mit Ehrerbietung – wir wussten, dass wir hässliche Musik zu würdigen wissen sollten, und wir hörten uns andächtig Toch, Krenek, Hindemith, Webern, Schönberg an, was es da eben so gab (unser Appetit war grenzenlos, und wir hatten einen guten Magen). Aber die Musik von Strawinsky liebten wir. Und da uns Strawinsky entsetzlich alt erschien (wir hatten ihn zweimal montags im kleinen Saal des Wilshire Ebell Theatre gesehen, als Ingolf Dahl etwas von ihm dirigierte), hatte unsere Angst um sein Leben eine unwiderstehliche Fantaisie à deux in Gang gesetzt, in der wir für unser Idol starben. Die Frage, die wir so häufig diskutierten, lautete: Was waren die Bedingungen für das Opfer, das wir so hingebungsvoll zu bringen erwogen? Für wie viele zusätzliche Lebensjahre Strawinskys wären wir bereit, jetzt auf der Stelle zu sterben?

Zwanzig Jahre? Selbstverständlich. Aber das war einfach und, da waren wir uns einig, zu gut, um darauf zu hoffen. Zwanzig weitere Jahre für den uralten, unscheinbaren Mann, als der uns Strawinsky erschien – das war für die Vierzehnjährige, die ich, und den Sechzehnjährigen, der Merrill 1947 war, schlicht eine unvorstellbare lange Zeitspanne. (Wie schön, dass I.S. letztlich sogar noch länger lebte.) Zu beteuern, dass wir unser Leben gegen weitere zwanzig Lebensjahre für Strawinsky eintauschen würden, schien uns nicht gerade ein Beleg wahrer Leidenschaft.

Fünfzehn Jahre? Natürlich.

Zehn? Na klar.

Fünf? Jetzt schwankten wir doch. Aber nicht zuzustimmen wäre uns vorgekommen wie ein Mangel an Respekt, an Liebe. Was war schon mein oder Merrills Leben – nicht nur unser läppisches Leben als kalifornische Schüler, sondern auch das nützliche, von Errungenschaften durchzogene Leben, das wir vor uns zu haben meinten – im Vergleich zu weiteren fünf Jahren, in denen sich die Welt an neuen Schöpfungen Strawinskys erfreuen könnte? Okay, fünf Jahre.

Vier? Ich seufzte. Weiter, Merrill.

Drei? Für drei weitere Jahre sterben?

Meistens einigten wir uns auf vier – ein Minimum von vier Jahren. Ja, um Strawinsky zu vier weiteren Lebensjahren zu verhelfen, waren wir bereit, auf der Stelle zu sterben.

Lesen und Musik hören: der Triumph, nicht ich zu sein. Dass fast alles, was ich bewunderte, das Werk von Menschen war, die schon tot (oder sehr alt) waren und anderswo herstammten, idealerweise aus Europa, schien mir unvermeidlich.

Ich sammelte Götter. Was mir Strawinsky für die Musik war,

wurde Thomas Mann für die Literatur. In meiner Schatzhöhle, dem Pickwick, erstand ich am 11. November 1947 – wenn ich das Buch heute vom Regal nehme, finde ich das Datum auf dem Vorsatzblatt, in der Kursivschrift notiert, deren ich mich damals befleißigte – den *Zauberberg*.

Ich fing noch am selben Abend damit an, und an den nächsten paar Abenden blieb mir beim Lesen fast die Luft weg: Dieses Buch würde sich nicht einfach nur in die Riege der Bücher einreihen, die mir besonders gut gefielen, nein, es war ein lebensveränderndes Buch, ein Quell der Neuentdeckungen wie auch des Wiedererkennens. Ganz Europa stürzte mir in den Kopf – allerdings unter der Bedingung, dass ich darum trauerte. Und die Tuberkulose, jene (den Andeutungen meiner Mutter zufolge) leicht beschämende Krankheit, an der mein für mich nur schwer vorstellbarer leiblicher Vater vor so langer Zeit und in solch exotischer Ferne gestorben war, die sich aber, als wir erst einmal nach Tucson gezogen waren, als durchaus verbreitetes Schicksal darstellte, diese Tuberkulose entpuppte sich hier als der Inbegriff eines mitleidenden, spirituellen Interesses! Die Gebirgsgemeinschaft von Invaliden mit erkrankter Lunge war eine andere – eine gehobene – Variante der malerischen, klimabewussten Wüstenstadt mit ihren über dreißig Krankenhäusern und Sanatorien, in die meine Mutter hatte ziehen müssen, weil eines ihrer Kinder an Asthma litt: Ich. Dort oben auf dem Berg waren Personen Ideen, und Ideen waren Leidenschaften, genau so, wie ich es immer empfunden hatte. Und die Ideen forderten mich, vereinnahmten mich: Settembrinis humanistischer Elan nicht weniger als Naphtas Schwermut und Verachtung. Der milde, gutmütige, keusche Hans Castorp wiederum, Manns verwaister Protagonist, war ein Held ganz nach meinem ungeschützten Herzen, nicht zuletzt eben weil er Waise und weil meine eigene Vorstellungswelt von ähnlicher Keuschheit war. Mir gefiel die Zärtlichkeit, mochte sie auch durch Herablassung verwässert sein, mit der Mann ihn als etwas schlicht, allzu ernst, fügsam und mittelmäßig porträtierte (was in meinen Augen alles auch für mich galt, wenn man den wahren Maßstab anlegte). Was machte es schon, dass Hans Castorp ein Tugendbold war (eine fürchterliche Anschuldigung, die mir meine Mutter einmal an den Kopf geknallt hatte)? Das unterschied ihn ja von den anderen. Ich erkannte seine Neigung zur Ehrfurcht wieder, seine ihn überallhin begleitende Einsamkeit, die er unter anderen Menschen höflich auslebte, sein von einem lästigen (den Autoritäten zufolge aber zuträglichen) Pflichtprogramm bestimmter Alltag, in dem es aber immer wieder auch zu freien, leidenschaftlichen Gesprächen kam – eine glorreiche Übertragung meiner eigenen Agenda.

Einen Monat lang lebte ich in dem Buch. Ich las es gleichsam im Laufschritt, denn meine freudige Erregung war stärker als der Wunsch, langsam und genießerisch zu lesen. Auf den Seiten 334 bis 343 allerdings, auf denen Hans Castorp und Clawdia Chauchat endlich über die Liebe sprechen, jedoch auf Französisch, einer Sprache, die ich nie gelernt hatte, musste ich mein Tempo verlangsamen: Da ich nichts auslassen wollte, kaufte ich mir ein Französisch-Englisch Wörterbuch und schlug ihre Unterhaltung Wort für Wort nach. Als ich die letzte Seite des Buchs gelesen hatte, war ich so unwillig, mich von ihm zu trennen, dass ich wieder von vorne anfing, und um mich zu dem Lesetempo zu zwingen, das der Roman verdient hatte, las ich ihn mir laut vor, jeden Abend ein Kapitel.

Der nächste Schritt bestand darin, das Buch einem meiner Freunde zu leihen, zu erleben, wie jemand anders sich daran freute, meine Begeisterung und meine Gedanken über den Roman teilen zu können. Anfang Dezember lieh ich Merrill den *Zauberberg*. Und Merrill, der alles, was ich ihm aufdrängte, umgehend las, war ebenfalls begeistert. Gut.

Dann sagte Merrill: »Wir könnten ihn doch besuchen!« Und prompt verwandelte sich meine Freude in Scham.

Natürlich wusste ich, dass er hier lebte. In den 1940er Jahren knisterte Südkalifornien regelrecht von der Anwesenheit berühmter Menschen jeder Couleur, und meine Freunde und ich wussten nicht nur von Strawinsky und Schönberg, sondern auch von Mann und Brecht (erst kürzlich hatte ich in einem Theater in Beverly Hills *Galileo* mit Charles Laughton gesehen), von Isherwood und Huxley. Aber dass ich mit einem von ihnen in Kontakt treten könnte, war genauso unvorstellbar, wie dass ich mit Ingrid Bergman oder Gary Cooper, die ebenfalls in der Nähe wohnten, ein Gespräch anfing. Tatsächlich war es sogar noch unwahrscheinlicher. Die Stars stiegen bei jeder Filmpremiere aus ihren Limousinen, traten auf den von Jupiterlampen erhellten Bürgersteig des Hollywood Boulevard und trotzten dem Ansturm der sie belagernden, von Polizeiabsperrungen zurückgehaltenen Fans; ich hatte diese Auftritte dann und wann in der Wochenschau gesehen. Die Götter der Hochkultur dagegen hatten sich aus Europa ausgeschifft, um mehr oder weniger incognito zwischen Zitronenbäumen, Rettungsschwimmern, Neo-Bauhaus-Architektur und Fantasie-Hamburgern zu leben; so etwas wie Fans, die womöglich versuchten, in ihre Privatsphäre einzudringen, war bei ihnen nicht vorgesehen, da war ich mir sicher. Wobei Mann im Gegensatz zu den anderen Exilanten im öffentlichen Leben durchaus präsent war. In Amerika zu solchen offiziellen Ehren zu gelangen wie Thomas Mann Ende der 1930er und Anfang der 1940er Jahre war wahrscheinlich noch unwahrscheinlicher, als der berühmteste Schriftsteller der Welt zu sein: Gast im Weißen Haus, Redner in der Library of Congress und dort vom Vizepräsidenten höchstpersönlich vorgestellt, seit Jahren unermüdlich Vorträge haltend, hatte Mann, der verkündete, dass Hitlerdeutschland das absolute Böse verkörperte und der Sieg der Demokratien bevorstand, in Roosevelts rechtdenkendem Amerika den Status eines Orakels. Die Emigration hatte weder seiner Vorliebe noch seinem Talent dafür, sich als Symbolfigur darzustellen, etwas anhaben können. Wenn es so etwas gab wie ein gutes Deutschland, dann war es jetzt in Amerika zu finden (was bewies, dass Amerika gut war), verkörpert in seiner Person; und wenn es einen Großschriftsteller gab – eine völlig unamerikanische Vorstellung davon, was ein Schriftsteller ist –, dann war er es.

Doch als mich der *Zauberberg* so emporhob, dachte ich nicht daran, dass Mann auch im Wortsinne »hier« war. Zwar könnte man sagen, dass damals ich in Südkalifornien lebte und Thomas Mann in Südkalifornien lebte, doch wären das zwei unterschiedliche Bedeutungen von »in« und »lebte«. Ganz gleich wo er war, es war Wo-ich-nicht-war. Europa. Oder die Welt jenseits der Kindheit, die Welt der Ernsthaftigkeit. Nein, nicht einmal das. Für mich war er ein Buch. Oder vielmehr etliche Bücher – ich war mittlerweile in die Novellensammlung *Stories of Three Decades* vertieft. Mit neun Jahren, also tatsächlich in meiner Kindheit, hatte ich monatelang in der Trauer und Spannung von *Les Misérables* gelebt (das Kapitel, in dem Fantine gezwungen ist, ihre Haare zu verkaufen, machte mich zur bewussten Sozialistin). Was mich betraf, war Thomas Mann – als schlicht Unsterblicher – genauso tot wie Victor Hugo.

Warum sollte ich ihn kennenlernen wollen? Ich hatte doch seine Bücher.

Ich wollte ihn nicht kennenlernen. Merrill war bei mir zu Hause, es war Sonntag, meine Eltern waren nicht da, und wir hatten uns im Schlafzimmer auf der weißen Satindecke ihres Betts ausgestreckt. Ungeachtet meiner Beschwörungen hatte er das Telefonbuch geholt und suchte jetzt unter »M«.

»Siehst du? Er steht im Telefonbuch.«

»Ich will das nicht sehen!«

»Schau hier!« Er zwang mich hinzusehen. Voller Schrecken las ich: 1550 San Remo Drive, Pacific Palisades.

»Das ist doch absurd. Hör auf!« Ich krabbelte vom Bett herunter. Ich konnte es nicht fassen, dass Merrill wirklich tat, was er da gerade tat.

»Ich rufe ihn an.« Das Telefon stand auf dem Nachttisch meiner Mutter.

»Merrill, bitte!«

Er nahm den Hörer ab. Ich stob davon, stürmte durchs Haus, aus der nie abgesperrten Eingangstür hinaus über den Rasen und dann auf die Straße, vorbei am Pontiac, der mit dem Zündschlüssel im Schloss (wo sonst sollte man Autoschlüssel schon aufbewahren?) am Bordstein geparkt war, stellte mich mitten auf die Fahrbahn und hielt mir die Ohren zu – als hätte ich von dort aus hören können, wie Merrill den undenkbaren, peinlichen Anruf tätigte.

Was bin ich doch für ein Feigling, dachte ich, weder zum ersten noch zum letzten Mal in meinem Leben, dennoch rang ich noch einen Moment lang hyperventilierend um Fassung, ehe ich es fertigbrachte, die Hände wieder von den Ohren zu nehmen und zurückzugehen. Ganz langsam.

Durch die Haustür gelangte man direkt in das kleine Wohnzimmer, das mit den frühen amerikanischen »Werken«, wie meine Mutter sie nannte, dekoriert war, die sie seit einer Weile sammelte. Stille. Ich ging nach hinten zum Essbereich, dann durch den kurzen Flur, der an meinem Zimmer und dem Bad meiner Eltern vorbeiführte, und trat in ihr Schlafzimmer.

Der Hörer lag auf der Gabel. Merrill saß grinsend auf der Bettkante.

»Da gibt es überhaupt nichts zu lachen«, sagte ich. »Ich hab wirklich gedacht, du machst das.«

Er wedelte mit der Hand. »Hab ich auch.«

»Was?«

»Ich hab's gemacht.« Er lächelte immer noch.

»Angerufen?«

»Er erwartet uns nächsten Sonntag um vier zum Tee.«

»Du hast doch nicht wirklich da angerufen!«

»Warum denn nicht?«, sagte er. »Es war überhaupt kein Problem.«

»Hast du mit ihm geredet?« Ich war den Tränen nahe. »Wie konntest du nur?«

»Nein«, sagte er. »Seine Frau ist ans Telefon gegangen.«

Im Geiste löste ich aus den Fotos von Thomas Mann und seiner Familie, die ich gesehen hatte, ein Bild von Katia Mann. Gab es sie tatsächlich auch? Wenn Merrill nicht mit Thomas Mann persönlich gesprochen hatte, war es ja vielleicht doch nicht so schlimm. »Und was hast du gesagt?«

»Ich habe gesagt, dass wir zwei Schüler sind, die Thomas Manns Bücher gelesen haben und ihn gern kennenlernen würden.«

Nein, es war noch schlimmer, als ich es mir vorgestellt hatte.

Aber was hatte ich mir vorgestellt? »Das ist ja so … so dämlich!«

»Wieso denn dämlich? Es klang gut.«

»O Merrill …«

Ich konnte nicht mal mehr protestieren. »Und was hat sie gesagt?«

»Sie hat gesagt: ›Augenblick, ich hole meine Tochter.‹«, erzählte Merrill stolz weiter. »Und dann ist die Tochter ans Telefon gekommen, und ich habe das Gleiche –«

»Nicht so schnell«, unterbrach ich ihn. »Seine Frau hat den Hörer abgelegt. Es gab eine Pause. Dann hast du eine andere Stimme gehört …«

»Ja, eine andere Frauenstimme – sie hatten beide einen Akzent –, und die hat gesagt: ›Hier ist Miss Mann, was wollen Sie?‹«

»Das hat sie gesagt? Das klingt ja, als wäre sie verärgert gewesen.«

»Nein, nein, sie klang nicht verärgert. Vielleicht hat sie auch gesagt: ›Miss Mann am Apparat.‹ Das weiß ich nicht mehr, aber verärgert hat sie wirklich nicht geklungen. Dann hat sie gefragt: ›Was wollen Sie?‹ Nein, warte, es war: ›Was wünschen Sie?‹«

»Und dann?«

»Dann habe ich gesagt … na ja, dass wir zwei Schüler sind, die Thomas Manns Bücher gelesen haben und ihn kennenlernen wollen –«

»Aber ich will ihn gar nicht kennenlernen!«, jammerte ich.

»Und sie hat geantwortet«, fuhr er stur fort, »›Augenblick, ich frage meinen Vater.‹ Oder vielleicht war es auch ›Moment, ich frage meinen Vater.‹ Sie war nicht lange weg … sie ist wieder ans Telefon gekommen und hat gesagt – und das hat sie wirklich wortwörtlich so gesagt –: ›Mein Vater erwartet Sie nächsten Sonntag um vier zum Tee.‹«

»Und dann?«

»Dann hat sie gefragt, ob ich die Adresse weiß.«

»Und dann?«

»Das war alles. Ach so … sie hat Auf Wiederhören gesagt.«

Ich sann kurz über diese abschließende Äußerung nach, ehe ich ein weiteres Mal sagte: »O Merrill, wie konntest du nur?«

»Ich hab's dir doch gesagt«, antwortete er.

Diese Woche durchzustehen, von Furcht und Scham erfüllt. Es schien mir eine unglaubliche Frechheit, dass ich gezwungen sein würde, Thomas Mann kennenzulernen. Und eine groteske Vorstellung, dass er seine Zeit dafür verschwenden würde, mich kennenzulernen.

Natürlich hätte ich mich weigern können mitzugehen. Aber ich hatte Angst, dass dieser Kaliban, den ich fälschlich für einen Ariel gehalten hatte, den Zauberer dann ohne mich besuchen würde. Mochte Merrill in manchen Bereichen durchaus zu mir aufblicken, in seiner Verehrung für Thomas Mann betrachtete er sich jetzt offenbar als ebenbürtig. Ich konnte nicht zulassen, dass Merrill sich meinem Idol unvermittelt aufdrängte. Wenn ich mitging, würde ich zumindest den Schaden begrenzen, ein paar besonders unreife Bemerkungen von Merrill verhindern können. Ich hatte die Vorstellung (und dies ist der Teil meiner Erinnerung, der mich am meisten anrührt), dass Thomas Mann durch meine oder Merrills Dummheit gekränkt werden könnte … dass Dummheit immer kränkend und ich als Verehrerin Manns verpflichtet war, ihn vor dieser Kränkung zu schützen.

In dieser Woche trafen Merrill und ich uns zweimal nach der Schule. Ich hatte aufgehört, ihm Vorwürfe zu machen. Ich war nicht mehr so verärgert, fühlte mich einfach nur noch elend. Ich saß in der Falle. Da ich mitgehen musste, wollte ich mich Merrill nahe fühlen, gemeinsame Sache mit ihm machen, damit wir uns nicht blamieren würden.

Der Sonntag kam. Merrill holte mich mit dem Chevy um Punkt eins vor unserem Haus ab (ich hatte weder meiner Mutter noch sonst jemandem von der Einladung zum Tee in Pacific Palisades erzählt), und um zwei parkten wir am breiten, leeren San Remo Drive mit Blick aufs Meer und auf Catalina Island in der Ferne, ungefähr sechzig Meter oberhalb (und außer Sicht) des Hauses mit der Nummer 1550.

Wir hatten uns schon geeinigt, wie wir anfangen würden. Erst würde ich über den *Zauberberg* reden, dann würde Merrill fragen, woran Thomas Mann zurzeit arbeitete. Den Rest wollten wir jetzt besprechen, in den zwei Stunden, die wir zur Vorbereitung eingeplant hatten. Aber schon nach wenigen Minuten, in denen wir uns schlicht nicht ausmalen konnten, wie er auf das reagieren würde, was wir zu sagen erwogen, fiel uns nichts mehr ein. Was sagt ein Gott? Unmöglich, das zu erraten.

Also verglichen wir zwei Einspielungen von »Der Tod und das Mädchen« und kamen dann auf einen Lieblingsgedanken von Merrill zu sprechen, einen Gedanken zu der Art und Weise, wie Schnabel das Hammerklavier spielte, den ich ausgesprochen klug fand. Merrill wirkte überhaupt nicht nervös. Er schien der Ansicht zu sein, dass wir das selbstverständliche Recht hatten, Thomas Mann zu belästigen. Er fand, wir seien interessant – zwei altkluge Jugendliche, mindere Wunderkinder (wir wussten, dass keiner von uns ein echtes Wunderkind war, so wie etwa der junge Menuhin; wir waren Wunderkinder des Appetits, der Hochachtung, nicht der eigenen Leistung), er glaubte, wir könnten für Thomas Mann interessant sein. Ich glaubte das nicht. Meiner Ansicht nach waren wir bloßes … Potenzial. Nach den wahren Maßstäben existierten wir kaum.

Die Sonne brannte herunter, die Straße war leer. In den zwei Stunden kamen nur wenige Autos vorbei. Um fünf vor vier löste Merrill die Handbremse, wir rollten lautlos den Hang hinab und kamen vor der Nummer 1550 erneut zum Stehen. Wir stiegen aus, reckten uns, stöhnten theatralisch, um einander zu ermutigen, schlossen die Autotüren, so leise wir konnten, gingen über die Zufahrt zur Haustür und läuteten. Niedliche Glöckchen. Oh.

Eine sehr alte, weißhaarige Frau mit Dutt öffnete, schien nicht überrascht, uns zu sehen, bat uns, einzutreten und einen Augenblick dort im schummrigen Eingangsbereich zu warten – nach rechts ging ein Wohnzimmer ab –, und verschwand durch den langen Korridor.

»Katia Mann«, flüsterte ich.

»Ob wir Erika wohl auch zu sehen kriegen?« Merrill flüsterte ebenfalls.

Absolute Stille im Haus. Sie kam wieder. »Kommen Sie bitte. Mein Mann wird Sie in seinem Arbeitszimmer empfangen.«

Wir folgten ihr, fast bis ans Ende des schmalen dunklen Korridors, wo sich eine Treppe befand. Links war eine Tür, die sie jetzt öffnete. Wir folgten ihr hinein, wandten uns noch einmal nach links, und jetzt waren wir wirklich drinnen. In Thomas Manns Arbeitszimmer.

Ich sah das Zimmer – es wirkte geräumig und hatte ein großes Fenster mit großartigem Blick –, ehe mir bewusst wurde, dass er dort saß, hinter einem massiven, verzierten dunklen Schreibtisch. Katia Mann präsentierte uns. Hier sind die beiden Schüler, sagte sie, und stellte ihn wiederum als Dr. Thomas Mann vor; er nickte und sagte ein paar Worte zur Begrüßung.

Er trug eine Fliege und einen beigefarbenen Anzug, genau wie auf dem fotografischen Frontispiz der Anthologie *Essays of Three Decades* – das war der erste Schock, dass er diesem förmlichen, gestellten Foto so ähnelte. Die Ähnlichkeit wirkte unheimlich, wie ein Wunder – nicht nur deshalb, glaube ich heute, weil ich hier zum ersten Mal jemandem begegnete, von dessen Äußerem ich mir auf Basis der Fotografien, die ich gesehen hatte, schon vorher ein klares Bild gemacht hatte. Ich war auch noch nie jemandem begegnet, der nicht so tat, als wäre er völlig entspannt. Dass er dem Foto so ähnlich war, wirkte wie eine bewusste Leistung, als posierte er auch jetzt gerade. Allerdings hatte ich auf dem Foto im Buch, das ihn in voller Größe zeigte, vieles nicht gesehen – dass sein Schnurrbart so dünn und seine Haut so weiß war, dass seine Hände fleckig, die Venen unschön sichtbar, die Augen hinter der Brille so klein und bernsteinfarben waren. Er saß sehr aufrecht da und schien sehr, sehr alt zu sein. Tatsächlich war er zweiundsiebzig.

Ich hörte, wie hinter uns die Tür geschlossen wurde. Thomas Mann gab uns zu verstehen, dass wir uns auf die beiden hochlehnigen Stühle vor seinem Tisch setzen sollten. Er zündete sich eine Zigarette an und lehnte sich auf seinem Stuhl zurück.

Und los ging es.

Er redete, ohne sich lang bitten zu lassen. Ich erinnere mich an seinen Ernst, an seinen Akzent, an die Langsamkeit, mit der er sprach: Ich hatte noch nie jemanden so langsam sprechen hören.

Ich sagte, wie sehr mir der *Zauberberg* gefallen habe.

Er sagte, es sei ein sehr europäisches Buch, es schildere die Grundkonflikte der europäischen Kultur.

Ich sagte, das verstünde ich.

Was er denn gerade schreibe, fragte Merrill.

»Ich habe vor kurzem einen Roman abgeschlossen, der zum Teil auf dem Leben Nietzsches beruht«, sagte er mit riesigen, beunruhigenden Pausen zwischen den einzelnen Wörtern. »Aber der Protagonist ist kein Philosoph. Er ist ein großer Komponist.«

»Ich weiß, wie wichtig Ihnen die Musik ist«, wagte ich mich vor, in der Hoffnung, dem Gespräch damit für eine Weile neues Futter zu geben.

»Sowohl die Höhen als auch die Tiefen der deutschen Seele spiegeln sich in ihrer Musik«, sagte er.

»Wagner«, bemerkte ich und fürchtete zugleich, direkt ins Verderben zu laufen, denn ich hatte noch nie eine Oper von Wagner gehört, allerdings Thomas Manns Essay über ihn gelesen.

»Ja«, sagte er, griff nach einem Buch, das auf seinem Schreibtisch lag, hob es hoch, klappte es zu (die Seite markierte er mit dem Daumen) und legte es dann wieder aufgeschlagen auf den Tisch. »Wie Sie sehen, konsultiere ich gerade Band IV von Ernest Newmans hervorragender Wagner-Biografie.« Ich reckte den Hals, um den Buchtitel und den Namen des Autors mit eigenen Augen zu sehen. Ich hatte Newmans Biografie schon im Pickwick gesehen.

»Aber die Musik meines Komponisten ist nicht wie die von Wagner. Sie gleicht eher der Zwölftonreihe, der Zwölftonmusik von Schönberg.«

Merrill sagte, dass wir uns beide sehr für Schönberg interessierten. Darauf kam keine Reaktion. Ich fing einen verwirrten Blick von Merrill ab und riss ermunternd die Augen auf.

»Erscheint Ihr neuer Roman bald?«, fragte Merrill.

»Die Übersetzung ist in Arbeit, in den bewährten Händen«, erwiderte er.

»H.T. Lowe-Porter«, murmelte ich – es war das erste Mal, dass ich diesen hinreißenden Namen mit den enigmatischen Initialen und dem auffälligen Bindestrich aussprach.

»Von all meinen Büchern ist dieses wahrscheinlich das am schwierigsten zu übersetzende«, sagte er. »Ich glaube nicht, dass Mrs. Lowe-Porter jemals vor einer vergleichbaren Herausforderung stand.«

»Oh«, sagte ich, denn ich hatte zwar mit H.T.L.-P. keine spezielle Vorstellung verbunden, war aber doch überrascht, dass es der Name einer Frau war.

»Die Übersetzung erfordert eine tiefe Kenntnis der deutschen Sprache und große Erfindungsgabe, denn einige meiner Figuren sprechen Dialekt. Und der Teufel – ja, auch der Teufel kommt darin vor – spricht das Deutsch des sechzehnten Jahrhunderts«, sagte Thomas Mann ganz, ganz langsam. Ein verkniffenes Lächeln. »Ich fürchte, damit werden meine amerikanischen Leser nicht viel anfangen können.«

Ich hätte gern etwas Beruhigendes gesagt, traute mich aber nicht.

Sprach er so langsam, fragte ich mich, weil er immer so redete? Oder weil er eine Fremdsprache sprach? Oder weil er dachte, er müsse so langsam sprechen (weil wir Amerikaner waren? Kinder waren?), damit wir ihn überhaupt verstanden?

»Ich betrachte es als das kühnste meiner Bücher.« Er nickte uns zu. »Das wildeste.«

»Wir freuen uns sehr darauf, es zu lesen«, sagte ich. Ich hoffte immer noch, dass er etwas über den *Zauberberg* sagen würde.

»Aber es ist auch mein Alterswerk«, fuhr er fort. »Mein *Parsifal*. Und natürlich mein *Faust*.«

Er wirkte einen Moment lang abwesend, als erinnerte er sich an etwas. Er zündete sich eine weitere Zigarette an und drehte sich ein wenig auf seinem Stuhl. Dann legte er die Zigarette im Aschenbecher ab und rieb sich mit dem Zeigefinger über den Schnurrbart; ich weiß noch, dass ich dachte, der Schnurrbart (ich kannte sonst niemanden mit Schnurrbart) sehe aus wie ein kleiner Hut über seinem Mund. Ich fragte mich, ob seine Geste bedeutete, dass unser Gespräch vorbei war.

Aber nein, er sprach weiter. Ich erinnere mich an »das Schicksal Deutschlands« … an »das Dämonische« und den »Abgrund« … und an den »Teufelspakt«. Hitler tauchte mehrmals auf. (Erwähnte er die Wagner-Hitler-Problematik? Ich glaube nicht.) Wir taten unser Bestes, um ihm zu zeigen, dass seine Worte nicht völlig verschenkt waren.

Zuerst hatte ich nur ihn gesehen, hatte vor lauter Ehrfurcht angesichts seiner leibhaftigen Anwesenheit das Zimmer ringsum kaum wahrgenommen. Doch jetzt begann ich mehr zu sehen. Zum Beispiel, was sich auf dem ziemlich unordentlichen Schreibtisch befand: Füllfedern, ein Tintenfass, Bücher, Papiere und eine Garnitur kleiner, silbern gerahmter Fotos, die ich von hinten sah. Von den vielen Bildern an der Wand erkannte ich nur eines, ein signiertes Foto von F.D.R. mit irgendjemand anderem – ich meine mich zu erinnern, dass es ein Mann in Uniform war. Und dann gab es Bücher, Bücher, Bücher, in deckenhohen Regalen, die zwei komplette Wände einnahmen. Mit Thomas Mann im selben Zimmer zu sein war aufregend, gewaltig, erstaunlich. Zudem aber hörte ich jetzt den Sirenengesang der ersten Privatbibliothek, die ich in meinem Leben zu sehen bekam.

Während Merrill unsere Sache voranbrachte und bewies, dass ihm die Faust-Legende nicht gänzlich unbekannt war, versuchte ich, ohne allzu offensichtlich den Blick schweifen zu lassen, die Bibliothek in Augenschein zu nehmen. Wie ich erwartet hatte, waren es fast ausschließlich deutsche Bücher, darunter viele in Leder gebundene mehrbändige Ausgaben; verwirrend waren allerdings etliche Titel, die ich nicht entziffern konnte (die Frakturschrift war mir damals noch unbekannt). Die wenigen amerikanischen Bücher, die alle relativ neu aussahen, waren an ihren bunten, wächsernen Umschlägen leicht zu erkennen.

Jetzt redete er über Goethe …

Als hätten wir tatsächlich geprobt, was wir sagen würden, hatten Merrill und ich in einen schönen, unangestrengten Rhythmus gefunden, in dem wir Thomas Mann Fragen stellten, wann immer sein eisiger Wortstrom zu versiegen drohte, und alles, was er sagte, mit respektvoller Wertschätzung bedachten. Merrill zeigte sich als der Merrill, den ich so mochte: ruhig, charmant, alles andere als dumm. Ich schämte mich, dass ich befürchtet hatte, er werde sich und damit auch mich vor Thomas Mann blamieren. Merrill schlug sich wacker. Ich schlug mich so lala. Die Überraschung war Thomas Mann – dass er nicht schwieriger zu verstehen war.

Es hätte mir nichts ausgemacht, wenn er geredet hätte wie ein Buch. Ich wollte, dass er redete wie ein Buch. Was mich auf eine unbestimmte Weise zu stören begann, war die Tatsache, dass er (was ich damals nicht so hätte auf den Punkt bringen können) wie eine Buchbesprechung redete.

Jetzt sprach er über den Künstler und die Gesellschaft, und er verwendete dabei Formulierungen, die ich schon in Interviews mit ihm gelesen hatte, in der *Saturday Review of Litera-*

ture, einer Zeitschrift, der ich entwachsen zu sein meinte, seit ich die kunstvolle Prosa und verwickelten Argumentationsstränge der *Partisan Review* kannte, die ich mir seit kurzem an dem Zeitungskiosk am Hollywood Boulevard kaufte. Aber, dachte ich mir dann, wenn mir das, was er sagte, irgendwie bekannt vorkam, lag das sicher einfach daran, dass ich seine Bücher gelesen hatte. Er konnte ja nicht wissen, dass ich so eine eifrige Leserin seiner Werke war. Warum sollte er irgendetwas sagen, was er nicht schon einmal gesagt hatte? Ich weigerte mich, enttäuscht zu sein.

Ich überlegte, ob ich ihm sagen sollte, dass ich den *Zauberberg* aus lauter Begeisterung zweimal gelesen hatte, fand das dann aber doch albern. Außerdem befürchtete ich, dass er mich daraufhin nach irgendeinem anderen seiner Bücher fragen könnte, das ich noch nicht gelesen hatte, auch wenn er bisher noch keine einzige Frage gestellt hatte. »Der *Zauberberg* bedeutet mir unheimlich viel«, wagte ich schließlich zu erklären, denn ich dachte, jetzt oder nie.

»Es kommt vor«, sagte er, »dass ich gefragt werde, welches meiner Bücher ich für das beste halte.«

»Oh«, sagte ich.

»Ja«, sagte Merrill.

»Ich würde sagen, und diese Antwort habe ich kürzlich auch in mehreren Interviews gegeben …« Er verstummte. Ich hielt die Luft an. »*Der Zauberberg.*« Ich atmete auf.

Die Tür ging auf. Entlastung war im Anzug: Die deutsche Ehefrau kam mit langsamem Schritt herein und brachte Tee, Plätzchen und kleine Kuchen auf einem Tablett, das sie auf einem niedrigen Tischchen vor dem Sofa abstellte. Thomas Mann erhob sich, kam um den Schreibtisch herum und bedeutete uns mit einen Wink, zu dem Sofa zu gehen, das an der Wand stand; ich sah jetzt, dass er sehr dünn war. Ich war froh, mich wieder setzen zu können, als sich Thomas Mann in einem Ohrensessel niedergelassen hatte, und nahm wie angewiesen neben Merrill auf dem Sofa Platz. Katia Mann goss Tee aus einer silbernen Kanne in drei zierliche Tassen. Während Thomas Mann sich die Untertasse aufs Knie stellte und die Tasse zum Mund führte (wir taten es ihm beide gleichzeitig nach), sagte sie mit leiser Stimme ein paar Worte auf Deutsch zu ihm. Er schüttelte den Kopf. Seine Antwort gab er auf Englisch – es war so etwas wie »das ist egal« oder »jetzt nicht«. Sie seufzte vernehmlich und ging hinaus.

Ah, sagte er, jetzt essen wir etwas. Ohne zu lächeln, forderte er uns mit einer Geste auf zuzugreifen.

Am Ende des niedrigen Tischs, auf dem das Tablett abgestellt war, stand eine kleine ägyptische Statuette, die mir als Grabbeigabe im Gedächtnis ist. Sie erinnerte mich daran, dass es von Thomas Mann auch ein Buch mit dem Titel *Joseph in Ägypten* gab, das mich beim Querblättern im Pickwick jedoch nicht verlockt hatte. Ich beschloss, es noch einmal damit zu versuchen.

Ich war mir der tiefen, konzentrierten Stille im Haus bewusst, einer Stille, wie ich sie im Innern eines Hauses noch nie erlebt hatte, und ebenso der Langsamkeit und Befangenheit meiner Bewegungen. Ich nippte an meinem Tee, versuchte, beim Kuchenessen nicht zu krümeln, und wechselte einen verstohlenen Blick mit Merrill. Vielleicht war der Besuch ja jetzt vorbei.

Thomas Mann stellte Tasse und Unterteller auf den Tisch, tupfte sich die Mundwinkel mit seiner dicken weißen Serviette ab und sagte, er freue sich immer, junge Menschen aus

Amerika kennenzulernen, denen die Energie, Gesundheit und grundsätzlich optimistische Einstellung dieses großartigen Landes eigne. Mir wurde bang. Was ich befürchtet hatte: Er lenkte das Gespräch auf uns.

Er fragte nach unserem Unterricht. Unser Unterricht? Noch peinlicher. Ich war mir sicher, dass er nicht den blassesten Schimmer hatte, wie es an einer südkalifornischen Highschool zuging. Wusste er vom (obligatorischen) Fahrunterricht? Von den Kursen in Maschineschreiben? Würde er sich nicht über die zusammengeschrumpelten Kondome wundern, die einem ins Auge fielen, wenn man auf dem Weg zur ersten Stunde über den Rasen flitzte (das Schulgelände war ein beliebter nächtlicher Treffpunkt)? – meine eigene Verwunderung hatte gleich in meiner ersten Schulwoche offenbart, dass ich zwei Jahre jünger war als die anderen in meiner Klasse, denn ich hatte einfältig gefragt, was denn das für kleine Ballons unter den Bäumen seien. Würde er sich über das »Kraut« wundern, das zwei *pachukes* (so wurden die jungen Chicanos genannt) verkauften, die sich in jeder Vormittagspause vor der linken Wand der Aula postierten? Konnte er sich einen George vorstellen, der, wie wir wussten, eine Pistole besaß und sich Geld von Tankwarten beschaffte? Oder Ella und Nella, die kleinwüchsigen Schwestern, die den Bibel-Club-Boykott angeführt hatten, auf den hin unser Biologiebuch aus dem Verkehr gezogen worden war? Wusste er, dass kein Latein mehr unterrichtet wurde und auch kein Shakespeare und dass in der zehnten Klasse unsere sichtlich benebelte Englischlehrerin monatelang zu Beginn der Stunde Exemplare von *Reader's Digest* ausgeteilt hatte – wir sollten uns einen Text aussuchen und eine Zusammenfassung davon schreiben – und dann den Rest der Stunde schweigend an ihrem Pult gesessen hatte, mal dösend, mal strickend? Ahnte er, wie unendlich weit das Gymnasium in seiner Heimatstadt Lübeck, wo Tonio Kröger um Hans Hansen warb, indem er versuchte, ihn zur Lektüre von Schillers *Don Carlos* zu bewegen, von der North Hollywood Highschool entfernt war, der Alma Mater von Farley Granger und Alan Ladd? Ganz gewiss nicht, und ich hoffte auch, dass er es nie erfahren würde. Er hatte genug Gründe, traurig zu sein – Hitler, die Zerstörung Deutschlands, das Exil. Es war besser, wenn er nicht wusste, wie fern er Europa hier tatsächlich war.

Er sprach jetzt über den »Wert der Literatur« und die »Notwendigkeit, die Zivilisation vor den Kräften der Barbarei zu schützen«, und ich sagte, ja, ja ... Meine Überzeugung, dass unser Besuch bei ihm absurd war – was ich die ganze Woche über hier zu empfinden erwartet hatte –, gewann schließlich und endlich die Oberhand. Am Anfang hätten wir nur etwas Dummes sagen können. Jetzt aber, beim Teetrinken, dem gesellschaftlichen Ritual, nach dem dieser ganze Anlass benannt war, eröffneten sich zusätzliche Möglichkeiten, uns zu blamieren. Meine Befürchtung, dass ich mich ungeschickt anstellen könnte, vertrieb jeden Gedanken, den ich vielleicht hätte äußern können, aus meinem Kopf.

Ich erinnere mich, dass ich zu überlegen begann, wann es wohl vertretbar wäre, zu gehen. Ich vermutete, dass auch Merrill nichts dagegen hätte aufzubrechen, auch wenn er durchaus den Anschein erweckte, sich wohlzufühlen.

Und Thomas Mann redete – langsam – weiter über Literatur. Ich erinnere mich besser an mein tiefes Missbehagen als an das, was er sagte. Ich versuchte, nicht zu viele Plätzchen zu essen, aber in einem Moment der Geistesabwesenheit aß ich dann doch eins mehr als beabsichtigt. Er nickte. Bitte, greifen Sie zu, sagte er. Es war schrecklich. Wie sehr ich mir doch wünschte, ich könnte einfach allein in seinem Arbeitszimmer sein und mir seine Bücher anschauen.

Er fragte uns nach unseren Lieblingsautoren, und als ich zögerte (ich hatte so viele, wusste aber, dass ich nur wenige Namen nennen sollte), fuhr er fort – und daran erinnere ich mich noch genau: »Ich nehme an, Sie mögen Hemingway. Er ist, so mein Eindruck, der repräsentativste amerikanische Schriftsteller.«

Merrill murmelte, er habe noch nie etwas von Hemingway gelesen. Für mich galt das Gleiche, aber ich war zu bestürzt, um zu antworten. Wie verwirrend, dass Thomas Mann sich für Hemingway interessierte, der nach meiner eher vagen Vorstellung ein äußerst populärer Autor von Romanen war, die den Stoff für romantische Filme geliefert hatten (ich liebte Ingrid Bergman, ich liebte Humphrey Bogart), und der übers Angeln und Boxen schrieb (ich hasste Sport). Für mich hatte er nie nach einem Schriftsteller geklungen, den ich lesen sollte. Oder den Thomas Mann ernst nehmen würde. Aber dann begriff ich, dass nicht Thomas Mann Hemingway mochte, sondern dass er von uns erwartete, Hemingway zu mögen.

Nun, sagte Thomas Mann, welche Autoren lesen Sie denn gern?

Merrill sagte, er lese gern Romain Rolland, womit er meinte, *Jean-Christophe*. Und Joyce, womit er meinte, *Porträt des Künstlers*. Ich sagte, ich möge Kafka, womit ich *Die Verwandlung* und *In der Strafkolonie* meinte, und Tolstoi, womit ich seine späten religiösen Schriften genauso meinte wie die Romane, und da ich glaubte, auch noch einen Amerikaner nennen zu müssen, schob ich Jack London nach (und meinte *Martin Eden*).

Er sagte, wir schienen ja sehr ernste junge Leute zu sein.

Neuerliche Verlegenheit. Das ist es, was mir am deutlichsten in Erinnerung geblieben ist – wie peinlich das Ganze war.

Ich machte mir immer noch Gedanken wegen Hemingway. Sollte ich Hemingway lesen?

Er schien es völlig normal zu finden, dass zwei Schüler von der örtlichen Highschool wussten, wer Nietzsche und Schönberg waren … und bislang hatte ich mich an diesem ersten Vorgeschmack auf eine Welt, in der solche Kenntnisse zu Recht für selbstverständlich erachtet wurden, durchaus erfreut. Aber jetzt wollte er offenbar auch, dass wir zwei typische junge Amerikaner waren (so wie er sie sich vorstellte); wir sollten Repräsentanten sein, so wie er einer war (und in seinen Augen auch – mir war schleierhaft, warum – Hemingway). Ich wusste, dass das absurd war. Der Witz war ja gerade, dass wir überhaupt nichts repräsentierten. Nicht einmal uns selbst – jedenfalls nicht besonders gut.

Da saß ich nun im Thronsaal jener Welt, in der ich einmal leben wollte, und sei es nur als einfache Bürgerin. (Ihm zu erzählen, dass ich Schriftstellerin werden wollte, wäre mir genauso wenig in den Sinn gekommen wie ihm mitzuteilen, dass ich atmete. Wenn ich schon hier sein musste, dann als Bewunderin, nicht als Anwärterin auf Mitgliedschaft in seiner Kaste.) Doch der Mann, der mir gegenübersaß, hatte nur hochtönende Phrasen auf Lager, obwohl er derselbe war, der Thomas Manns Bücher geschrieben hatte. Und ich brachte nur Einfältigkeiten über die Lippen. Wir beide nicht in Bestform.

Eigenartig, dass ich mich nicht entsinne, wie es endete. Kam Katia Mann herein, um uns zu sagen, dass die Zeit um war? Erklärte Thomas Mann, dass er sich wieder an die Arbeit machen müsse, nahm unseren Dank für die Gewährung dieser Audienz entgegen und brachte uns an die Tür seines Arbeitszimmers? Ich erinnere mich nicht daran, wie wir uns verabschiedeten – wie wir entlassen wurden. Das Bild, wie wir auf dem Sofa sitzen, Tee trinken und Kuchen essen, wird in meiner Erinnerung von der Szene überblendet, als wir wieder draußen auf dem San Remo Drive sind und ins Auto steigen. Nach dem dunklen Arbeitszimmer erschien uns das schwindende Sonnenlicht hell, es war nach halb sechs.

Merrill ließ den Wagen an. Wie zwei junge Kerle, die zum ersten Mal im Bordell gewesen waren, bewerteten wir unsere Leistung. Merrill fand, es sei ein Triumph gewesen. Ich war schamerfüllt, deprimiert, stimmte allerdings zu, dass wir uns nicht völlig lächerlich gemacht hatten.

»Verdammt, wir hätten das Buch mitnehmen sollen«, sagte Merrill, als wir uns meiner Straße näherten, und brach damit ein langes Schweigen. »Zum Signieren.«

Ich knirschte mit den Zähnen und sagte nichts.

»Das war klasse«, sagte Merrill, als ich vor unserem Haus ausstieg.

Ich glaube nicht, dass wir noch einmal darüber sprachen.

Zehn Monate später, wenige Tage nach Erscheinen des groß angekündigten *Doktor Faustus* (Auswahl des Book of the Month Club, Erstauflage über 100 000 Exemplare) waren Merrill und ich im Pickwick und betrachteten taumelig die Stapel identischer Bücher, die auf einem Metalltisch vor dem Laden aufgetürmt waren. Ich kaufte mir mein Exemplar und Merrill kaufte sich seins, und dann lasen wir parallel.

Trotz aller Anerkennung war das Buch weniger erfolgreich, als Thomas Mann erwartet hatte. Die Rezensenten äußerten respektvolle Vorbehalte, und seine Präsenz in Amerika verlor ein wenig an Gewicht. Die Ära Roosevelt war endgültig vorbei, der Kalte Krieg hatte eingesetzt. Thomas Mann begann sich mit dem Gedanken an eine Rückkehr nach Europa zu tragen.

Mich trennten nur noch wenige Monate von meinem großen Schritt, dem Beginn des wahren Lebens. Nach meinem Schulabschluss im Januar ging ich für ein Trimester an die University of California in Berkeley, der glücklose George trat eine mehrjährige Haftstrafe in San Quentin an, und im Herbst 1949 wechselte ich, nun in Begleitung von Merrill und Peter (die beide im Juni ihren Abschluss gemacht hatten), von der Cal an die University of Chicago, um dort Philosophie zu studieren, und dann, und dann … Dann lebte ich mein Leben, das zu weiten Teilen tatsächlich so wurde, wie es sich die Vierzehnjährige mit solcher Gewissheit ausgemalt hatte.

Und Thomas Mann, der seine Zeit hier abgesessen hatte, tat seinen Schritt. Er und Katia (die beide 1944 die amerikanische Staatsbürgerschaft angenommen hatten) verließen Südkalifornien 1952 und kehrten für immer auf den ziemlich ramponierten Zauberberg Europa zurück. Nach fünfzehn Jahren in Amerika. Er hatte hier gewohnt. Aber wirklich hier gelebt hatte er nicht.

Jahre später, als ich selbst Schriftstellerin und mit vielen anderen meiner Profession bekannt war, sollte ich lernen, toleranter gegenüber der Kluft zwischen Person und Werk zu werden. Trotzdem empfinde ich die Begegnung mit Thomas Mann bis heute als unzulässig, unangebracht. Tiefe Erinnerung ist meiner Erfahrung nach in den meisten Fällen die Erinnerung an Scham.

Ich spüre noch heute mein Hochgefühl, meine Dankbarkeit dafür, von den Erstickungszuständen der Kindheit befreit zu sein. Erlöst wurde ich durch Bewunderungen. Und durch

Scham, den Preis für intensiv empfundene Bewunderung. Damals fühlte ich mich wie eine Erwachsene, die gezwungen war, im Körper eines Kindes zu leben. Mittlerweile fühle ich mich wie ein Kind mit dem Privileg, im Körper einer Erwachsenen zu leben. Die fanatisch Ernste in meinem Innern, die schon im Kind voll ausgewachsen war, betrachtet die Realität noch immer als etwas Künftiges. Sieht noch immer einen weiten Raum vor sich, einen fernen Horizont. Ist dies die Wirklichkeit? Das frage ich mich vierzig Jahre später immer noch … so wie kleine Kinder auf einer langen, anstrengenden Reise immer wieder fragen: »Sind wir schon da?« Das Kindheitsgefühl der Fülle blieb mir versagt. Zum Ausgleich ist da immer ein Horizont von Fülle, dem mich die Freuden der Bewunderung entgegentragen.

Ich habe nie jemandem von dem Besuch erzählt. Ich habe ihn über all die Jahre geheim gehalten, als müsste ich mich seiner schämen. Als wären zwei andere Leute daran beteiligt gewesen, zwei Phantome, zwei provisorische Wesen, die woandershin unterwegs waren: ein peinlich berührtes, leidenschaftliches, literaturberauschtes Kind und ein exilierter Gott, der in einem Haus in Pacific Palisades lebte.

NACHWORT

Schreiben ist eine Haltung zur Welt. Wer in diesem Sinn schreibt, kann alles schreiben. Muss alles schreiben dürfen. Braucht sich nicht festzulegen auf ein Genre, auf die Lyrik oder den Essay, den Roman oder die Novelle, die Kurzgeschichte, Kritik oder Erinnerung. Fiction oder Nonfiction, Literatur oder Sachbuch – wer schreibt, entscheidet sich für die Form, die dem angemessen ist, was gesagt werden soll.

In dieser Überzeugung dachte, lebte und schrieb Susan Sontag. Insgeheim allerdings, so ist in ihren Tagebüchern zu lesen, von denen posthum bisher zwei Bände erschienen sind, war ihr die Literatur, war ihr das literarische Schreiben existenziell wichtiger als das essayistische. Dabei verdankte sie den Essays ihren Weltruhm, zu dem sie bereits 1964 im Alter von einunddreißig Jahren gelangte, als »Notes on ›Camp‹« herauskam. Ihr erster Roman, *The Benefactor*, war im Jahr zuvor erschienen, hatte aber bei Weitem nicht das Echo des nachfolgenden Aufsatzes erzeugt, dessen Lautstärke von der Essaysammlung *Against Interpretation* zwei Jahre später noch einmal hochgedreht wurde. Susan Sontag hatte sich als unermüdliche Leserin offenbar aller bis dahin geschriebenen großen Bücher mit einem Arsenal an Wissen bewaffnet, das sie nun in der Betrachtung wesentlicher gesellschaftlicher, politischer und ästhetischer Phänomene, Entwicklungen und Verhältnisse ihrer Zeit in Anschlag brachte. Sie betrat die Bühne der Kommentatoren der Welt als neuer Star. Eine Autorität, eine unüberhörbare Stimme von Beginn an.

So sollte es bleiben, auch wenn sie ihre Positionen, vor allem ihre radikalen politischen, im Laufe der Zeit revidierte. Während ihre Essays unseren Blick auf die Welt schärften und veränderten, wie über Fotografie und Film gesprochen wird, wie wir das Leid anderer betrachten, über Krankheit nachdenken und auf Amerika schauen, wurde das literarische Werk von Susan Sontag (trotz des National Book Awards für den späten historischen Roman *In America* aus dem Jahr 2000) weitgehend mit einem Schulterzucken und manchmal sogar mit unverhohlener Missgunst und einiger Herablassung bedacht – und selten ernsthaft gelesen. Es konnte passieren, so erzählt Sigrid Nunez in ihren Erinnerungen an Susan Sontag (*Sempre Susan*), dass diese statt eines Vortrags oder eines Diskussionsbeitrags bei einer Veranstaltung dem erstaunten Publikum eine Kurzgeschichte vorlas; das Publikum war meistens wenig angetan.

Tatsächlich sind die Kurzgeschichten die Außenseiter in Susan Sontags Werk. Selbst wer ihre Arbeit gut kennt, wird auf Anhieb vermutlich nur eine nennen können, »The Way We Live Now«. Sie erschien im November 1986 im *New Yorker* und kam 1991, begleitet von Zeichnungen Howard Hodgkins, als Buch auch in Deutschland heraus. Eine neue Übersetzung ist in dem vorliegenden Band zu finden. Die Epidemie in dieser Geschichte ist Aids, auch wenn das an keiner Stelle gesagt wird. Aber alle, die sie damals lasen, wussten sofort Bescheid. Es war eine Krise wie keine zuvor. Ein Virus, von dem niemand wusste, woher es kam und wie es zu bekämpfen sei. Eine Impfung war nicht in Sicht, die Infektion für viele ein Todesurteil. Es war eine Krankheit, die zunächst vermeintlich nur bestimmte Gruppen zu betreffen schien – Schwule, Drogensüchtige, Prostituierte –, bis sich herausstellte, das Virus war nicht wählerisch, es konnte jeden und jede erwischen, alle, die ein Sexualleben hatten oder Blutkonserven brauchten.

Susan Sontag hatte sich schon früh in einer Weiterschreibung ihres großen Krebsbuchs *Krankheit als Metapher* essayistisch mit dem Aids-Thema auseinandergesetzt und vor allem die Kriegsmetaphorik kritisiert, mit der die Stigmatisierung der Erkrankten und ihre Verdrängung aus der Gesellschaft, an deren Rand sie sowieso schon gestanden hatten, weiter vorangetrieben wurde. Es war ein kämpferischer Essay, analytisch, aufklärend, eingreifend. Warum schrieb sie zum Thema noch eine Kurzgeschichte?

Weil sie in der literarischen Form etwas anderem auf die Spur kommen wollte als in ihrem früheren Essay: dem Verhalten und der Sprache der Wohlmeinenden. Weil sie nur fiktional oder fiktionalisiert erkunden konnte, wie die Infektion im engsten Umkreis kommunikations- und diskursverändernd wirkte. »Wie wir jetzt leben« erzählt von der Reaktion einer Gruppe von Freunden auf die Aids-Infektion eines der Ihren. In Sontags Geschichte versammeln sie sich um den Kranken, der in ihren Gesprächen, auch wenn sie von ihm handeln, keinen Namen hat. Kaum erkrankt, ist er nur mehr Objekt. Freundlich besucht und beschenkt. Bedacht, beredet, umsorgt. Aber stumm. Ob unter engen und weniger engen Freunden, die Trennung zwischen »ihm« und »uns«, zwischen dem Kranken und den anderen, hat sich vollzogen. Alle lieben ihn. Aber er ist fast schon nicht mehr da.

Neben dieser wurde noch eine andere von Sontags Erzählungen besonders viel beachtet und besprochen: die Geschichte »Pilgrimage« (Wallfahrt), ebenfalls in diesem Band enthalten, über ihren Besuch als Teenager bei Thomas Mann. Sie erschien 1987 im *New Yorker*, vierzig Jahre nach den Ereignissen, von denen sie handelt. »Wallfahrt« ist einerseits ein in der Ich-Form geschriebener autobiografischer Text, der schildert, wie Susan Sontag mit einem Freund im Jahr 1947 den deutschen Schriftsteller, dessen *Zauberberg* sie sehr bewundert, in den Palisades hoch über dem Pazifik bei Los Angeles besucht. Andererseits ist sie das Zeugnis ihres frühen Bewusstseins, im »allseitigen Gefasel zu ersaufen«, wozu die Begegnung mit dem deutschen Nobelpreisträger im Exil bedauerlicherweise beiträgt. Hat Susan Sontag nicht früher von diesem Besuch gesprochen und geschrieben, weil er ihr so durch und durch banal vorkam? Vierzig Jahre später erkennt sie, gerade das macht diese Geschichte interessant.

Zu ihren Lebzeiten erschien nur ein einziger Band mit Kurzgeschichten, *I, etcetera* im Jahr 1978 (auf Deutsch unter dem Titel *Ich, etc.*). Er verursachte kein großes Aufsehen, und es folgte kein weiterer. Es scheint, als habe das Genre der Kurzgeschichtensammlung, die kuratierte Zusammenstellung unterschiedlicher Stories, Susan Sontag nicht interessiert, sondern tatsächlich nur die einzelne Geschichte, und auch sie nicht regelmäßig. Sechzehn nur hat sie geschrieben. Sie benutzte die Short Story also hin und wieder, um sich über bestimmte Fragen von Form und Fragment, von Autobiografie und Fiktion klarzuwerden. Etwa um auszuprobieren, wohin es sie führte, wenn sie ihren eigenen Gedanken ein Gegenüber und eine Widerrede entgegenstellte. Ihre Stimme in diesen Geschichten bleibt unbestimmt, sie zögert, so scheint es, während sie in ihren Essays fast majestätisch auftritt. Dabei klingt sie in jeder Geschichte ein bisschen anders, als probiere sie unterschiedliche Stile und Sprechweisen aus. Und einige zeigen sie offen fürs formale Experiment, so etwa die im vorliegenden Band enthaltene »Briefszene«. In kurzen Abschnitten durchmischt Sontag hier erzählende Prosa mit dramatischen Elementen und der direkten Ansprache einer vergangenen Liebe.

Wir wissen aus den zwei Bänden ihrer Tagebücher, die bisher erschienen sind, dass sie bei aller Selbstliebe, Selbstüberhöhung und Eitelkeit mitunter schmerzhaft an sich zweifelte. In ihren öffentlichen Auftritten und Essays ist jedoch von diesen Zweifeln nichts zu spüren. Dort war sie bestimmt, schien von sich überzeugt, und die Unsicherheit, die sie sich selbst vorwarf, blieb ihr Geheimnis. In den Kurzgeschichten aber lässt sie den Zweifel wie auch den Selbstzweifel spüren. Es ist, als hätte Susan Sontag sich dieser so überaus dehnbaren Form zugewandt, wenn sie etwas herauskriegen wollte, bei dem sie sich noch nicht sicher war, in welcher Richtung sie überhaupt suchen sollte. Sie tastet sich heran. Sie widerspricht sich. Sie experimentiert. Sie mischt die Genres. Sie benutzt verschiedene Stimmen. Sie erfindet ein Gegenüber, oder mehrere.

So ist »Der Blick aus der Arche« – hier spricht ein Vogel mit einem Nachkommen Noahs – ein Dialog übers Erzählen ebenso wie über das Verhältnis von Bildern zur Wirklichkeit und darüber, wie die Bilder der Wirklichkeit diese überformen, in sie eingreifen und sie möglicherweise zum Verschwinden bringen – Fragen, die Susan Sontag auch in ihren verschiedenen Essays zur Fotografie umtrieben. Sie selbst stellte irgendwann fest, dass ihre Romane und Kurzgeschichten weitgehend dieselben Themen behandelten wie ihre Essays, nur eben in dieser anderen Form, die Raum bietet für

Ansätze, die vorläufig bleiben können, fürs Fragment als Teil eines Ganzen, das noch nicht erfasst und möglicherweise gar nicht zu erfassen ist. Will man es dennoch versuchen, dann vielleicht so: Es geht Susan Sontag in ihrem Denken wie in ihrem Schreiben immer um die Frage, was es bedeutet, in einer sehr weit fortgeschrittenen Konsumgesellschaft zu leben, im zwanzigsten Jahrhundert (also noch ohne die Erfahrung der Digitalisierung), in einem Netz komplexer struktureller Beziehungen, von Mehrdeutigkeiten, Widersprüchen und Verflechtungen. Das spiegelt sich in diesem Band noch an weiteren Stellen, etwa in den unterschiedlichen Briefpartnern der »Briefszene«, im vielstimmigen Gespräch in »Wie wir jetzt leben« und auch in der »Beschreibung (einer Beschreibung)« – eine Erzählung, in der der Bericht über den Sturz eines Mannes immer wieder durch eine kommentierende Instanz unterbrochen wird.

Autobiografisches Schreiben an sich war Susan Sontags Anliegen nicht, obwohl auch ihre Essays, ihre politischen Kommentare durchaus persönlich sind. In dem berühmten Interview, das sie der Zeitschrift *Rolling Stone* gab, sagt sie, jeder Mensch denke ganz selbstverständlich darüber nach, was ihm zustoße – »vorausgesetzt natürlich, man neigt zum Nachdenken«. Susan Sontag neigte dazu, schreibend zu denken. *Ich schreibe, um herauszufinden, was ich denke* ist die deutsche Ausgabe des zweiten Bands ihrer Tagebücher überschrieben. Das ist kein Motto, sondern eine genaue Aussage über die Schriftstellerin: Schreibend setzte Susan Sontag sich in Beziehung zur Welt. Die Essayform war für sie eine Möglichkeit, ihrer persönlichen Erfahrung eine historische Tiefe und einen theoretischen Kontext zu geben, die sie gleichsam vom Privaten erlöste – etwa bei der

Auseinandersetzung mit ihren mehrfachen Krebserkrankungen. In Momenten, in denen sie Scham oder Enttäuschungen zuließ, verarbeitete sie ihre Erfahrungen in fiktionalisierter Form, wie zum Beispiel in der Geschichte von ihrem Besuch bei Thomas Mann.

Interpretation ist »die Rache des Intellekts an der Kunst. Mehr noch. Sie ist die Rache des Intellekts an der Welt. Interpretieren heißt, die Welt arm und leer machen – um eine Schattenwelt der ›Bedeutungen‹ zu errichten. Es heißt, *die* Welt in *diese* Welt verwandeln.« So schreibt sie in ihrem Essay »Gegen Interpretation«. Dass Susan Sontags Stories bisher im Vergleich zu ihrem essayistischen Werk weitgehend ungelesen geblieben sind, heißt, wenn wir ihrem Gedankengang dort folgen, auch: Es hat sich noch nicht jene »Kruste von Interpretationen« an ihnen abgesetzt, die Susan Sontag im Umgang mit den Giganten der Literaturgeschichte so verachtet hat. Sie sind roh geblieben, unabgenutzt, uneben.

Und doch sind sie mehr als Beiboote des Werks. Ihre Kurzgeschichten fügen dem Bild dieser herausragenden Intellektuellen des zwanzigsten Jahrhunderts, wie sie sich in ihren Essays darstellt, eine weitere Nuance hinzu. Ihre Tagebücher hatten neben Eitelkeit und Selbstüberhöhung die mitunter schmerzhaft an sich selbst zweifelnde Frau gezeigt, die in ihren Liebesverhältnissen enorm litt und von sich selbst mehr erwartete, als sie manchmal erfüllen konnte. Die Stories lassen eine Frau erahnen, die sich mit diesen extremen Erwartungen manchmal immerhin fast verspielt an die Arbeit macht, bevor sie in den Essays ihre ganze Ernsthaftigkeit zum Zuge kommen lässt. Was nicht heißt, sie habe die Short Stories nicht ernst genommen –

im Gegenteil. Aber sie gestattete sich mit ihnen eine weniger geschlossene Form.

So sind ihre Geschichten keine Geschichten *über* etwas. Sondern Geschichten, die um des Schreibakts willen geschrieben wurden und die der Autorin dazu dienten, sich über etwas klarzuwerden: die Diskrepanz zwischen Autor und Werk beim Thomas-Mann-Besuch; eine verlorene Liebe und deren sprachliche Bruchstücke im Experiment der Briefszene; die Wirklichkeit und ihre Bilder und in welchem Verhältnis sie zueinander stehen – wenn sie einen Vogel auf die Welt blicken lässt; wie die Angst vor der Krankheit eines anderen die eigene Sprechweise infiziert; Formen des Erzählens – durch eine Beschreibung, die immer wieder abbricht für die Reflexion über das Berichtete.

Der Sprachgestus der Bestimmtheit, der die Thesen und Denkbewegungen in ihren Essays so feinziseliert ins Bewusstsein fräst, hier fehlt er. Stattdessen ein Suchen: das Bindeglied zwischen den Selbstzweifeln und der Autorität.

Verena Lueken

INHALT